Davee — sloppy

∌ 184

DU MÊME AUTEUR

Aux Éditions Gallimard

L'AMOUREUX MALGRÉ LUI, *roman*, 1989 (L'Infini).

TOUT DOIT DISPARAÎTRE, *roman*, 1992 (L'Infini; Folio, n° 3800).

GAIETÉ PARISIENNE, *roman*, 1996 (Folio, n° 3136).

DRÔLE DE TEMPS, *nouvelles*, 1997. Prix de la Nouvelle de l'Académie française (Folio, n° 3472). *Avant-propos de Milan Kundera.*

LES MALENTENDUS, *roman*, 1999 (Folio, n° 4937).

LE VOYAGE EN FRANCE, *roman*, 2001. Prix Médicis (Folio, n° 3901).

SERVICE CLIENTÈLE, *roman bref,* 2003 (Folio, n° 4153).

LA REBELLE, *roman*, 2004.

LES PIEDS DANS L'EAU, *roman*, 2008 (Folio, n° 5037).

L'ÉTÉ 76, *roman*, 2011 (Folio, n° 5577).

Aux Éditions Fayard

LA PETITE FILLE ET LA CIGARETTE, *roman*, 2005 (Folio, n° 4510).

CHEMINS DE FER, *roman*, 2006 (Folio, n° 4774).

LA CITÉ HEUREUSE, *roman*, 2007.

L'OPÉRETTE EN FRANCE, essai illustré, 1997, nouvelle édition, 2009.

LE RETOUR DU GÉNÉRAL, *roman*, 2010 (Folio, n° 5384).

À NOUS DEUX, PARIS!, *roman*, 2012 (Folio, n° 5690).

POLÉMIQUES, *essai*, 2013.

Chez d'autres éditeurs

SOMMEIL PERDU, *roman*, 1985, Grasset.

REQUIEM POUR UNE AVANT-GARDE, *essai*, 1995, nouvelle édition, 2005, Les Belles Lettres.

À PROPOS DES VACHES, *roman*, 2000, Les Belles Lettres (La Petite Vermillon, n° 194).

LE GRAND EMBOUTEILLAGE, *essai*, 2002, Le Rocher (Colères).

MA BELLE ÉPOQUE, *chroniques*, 2007, Bartillat.

BALLETS ROSES, *essai*, 2009, Grasset.

L'ORDINATEUR DU PARADIS

BENOÎT DUTEURTRE

L'ORDINATEUR
DU PARADIS

roman

GALLIMARD

I

Les portes du ciel

Ce moment redouté qui nourrit toutes nos angoisses m'est plutôt apparu comme une libération. L'instant d'avant j'étais un corps meurtri, tendu vers l'unique pensée d'abolir cette souffrance. Ma chair s'obstinait contre ma volonté : vain acharnement de tissus programmés pour continuer encore et encore. Même devant l'évidence du dénouement fatal, il fallait que la machine à vivre prolonge le supplice… jusqu'à l'instant béni où tout a lâché et où je me suis senti renaître, si j'ose dire. Car, soudain, le poids de mon être s'est allégé, tandis que ma conscience glissait sur un chemin de découvertes étonnantes : ni vraiment enchantées, ni vraiment effrayantes ; mais bien plus banales que les habituelles représentations de la « vie après la mort ».

La première image que je garde de mon réveil est celle d'une salle d'attente : vaste local sans charme meublé de chaises en plastique orange accrochées les unes aux autres pour former des rangées ; sur le côté, trois plantes vertes déployaient leur végétation synthétique. Plusieurs posters accrochés aux murs représentaient une cité balnéaire ultramoderne et ses hôtels géants, ses îles artificielles, ses bateaux à voile, ses bungalows donnant sur des plages dorées surplombées de cette légende : « Gagnez votre ticket pour le paradis. »

Un instant, je me suis demandé s'il s'agissait d'un gag ou si je me trouvais réellement aux portes du paradis : cette fameuse Cité céleste à laquelle me destinait mon éducation chrétienne — à moins qu'une précaution d'usage ne m'eût conduit d'abord au purgatoire. Quant à l'enfer, je n'y avais jamais cru. Au catéchisme, dans les années soixante-dix, on nous laissait entendre qu'il s'agissait d'une vilaine invention conçue pour nous effrayer. Suivant l'air du temps, « on irait tous au paradis », comme le chantait un refrain célèbre entonné en chemises à fleurs dans un nuage parfumé d'encens. Seuls quelques monstres abominables risquaient vraiment le feu éternel. Pour Hitler et ses sbires, nous étions prêts à envisager l'hypothèse d'une punition spéciale. Et encore… On pouvait imaginer qu'ils finissent par rejoindre le chœur des anges, où leur sensibilité écorchée trouverait le repos, elle aussi. Ce genre de question agitait le sommeil de mes dix ans. Quant à Staline et Mao Tsé-toung, mon tempérament de jeune Européen, inspiré par la *realpolitik*, ne voyait pas au nom de quoi leur refuser la rédemption.

Pourtant, le lieu où je venais de reprendre conscience ne ressemblait en rien au chemin cotonneux, sous l'azur infini, où devait m'accueillir un comité d'archanges. Où était passé ce théâtre grandiose représenté dans les livres pieux et, mieux encore, dans les fresques de Tiepolo ? Pourquoi ce décor, autour de moi, était-il si concret, dans sa simplicité ? Flottais-je provisoirement entre la vie et la mort? J'en vins à supposer que je me trouvais, pour l'heure, dans une antichambre de la Jérusalem céleste. Je m'avisai en outre que les peintres avaient pu se tromper, que leurs visions correspondaient à leur époque. Le monde avait changé tout comme nos rêves et nos espoirs. Le paradis, désormais, ressemblait peut-être davantage au complexe balnéaire représenté sur ces affiches. Hypothèse décevante à mes yeux, car je n'aime guère les climats chauds ni les décors modernes, et ces luxueuses marinas conçues pour griller sous le cagnard ne me disaient rien qui vaille. Les avait-on accrochées pour égayer les murs et séduire le goût vulgaire dans cette zone de quarantaine? Proposait-on d'autres affectations conformes aux désirs de chacun, et faisant du paradis ce lieu de jouissance intégrale qu'on m'avait promis? Serais-je invité, dans les prochaines heures, à choisir une formule qui me convienne : une rivière dégringolant à l'ombre des sapins, ou une grande plage de galets sur la mer houleuse?

Pour l'instant, je me trouvais assis, avec plusieurs autres personnes dans ce local qui rappelait l'accueil de n'importe quelle administration : les urgences de l'hôpital, le comptoir des chemins de fer et tous ces services après-vente où l'on doit patienter, ticket en main. Je m'avisai alors que je tenais précisément, entre mes doigts, un petit rectangle de couleur orange — comme les chaises ; et que ce ticket portait le numéro 25 756 223. Ignorant à quoi il correspondait, j'ai dressé la tête à la recherche d'un interlocuteur. J'ai alors repéré, dans toute la largeur de la pièce, un alignement de guichets derrière lesquels plusieurs employés semblaient recevoir les nouveaux arrivants. Au-dessus d'eux, un compteur électronique égrenait ses chiffres et, comme mon numéro approchait, j'ai décidé d'attendre mon tour. Cette impatience qui, souvent, m'avait gâché la vie devenait absurde maintenant que tout allait durer éternellement.

Autour de moi, dispersées sur les chaises, une dizaine de personnes jetaient elles aussi des coups d'œil perplexes sur leurs tickets. Deux rangées en arrière se tenait une Africaine à moitié nue, les deux seins tombant de son corps décharné ; sur ma gauche, un vieil Indien en costume cravate serrait son attaché-case sur les genoux, comme s'il venait à un rendez-vous d'affaires. Près de lui, un garçon chinois d'une douzaine d'années semblait sortir de l'eau, si j'en croyais ses vêtements et ses cheveux trempés ; puis mon attention fut attirée, à droite, par un quinquagénaire de type européen qui toussait continuellement. Probablement un fumeur. Son œil désespéré fixait le panneau qui pulvérisait ses dernières illusions. Avait-il cru pouvoir, en arrivant au ciel, s'adonner librement à ses vices ? Dans ce local, du moins, les choses étaient claires : un dessin explicite montrait une cigarette barrée d'un trait rouge, accompagné de la mention « *No smoking* ».

Ce détail m'a soudain tiré de ma léthargie *post mortem*, car l'inscription du message *en anglais* ne collait pas avec l'idée que je me faisais de la vie après la mort. Dans un brusque retour à la réalité, je me suis alors avisé que le slogan imprimé sur les posters figurait dans la même langue : « *Get your ticket for paradise.* » Je l'avais traduit sans y prendre garde, tant l'habitude s'est prise, dans mon propre pays, de tout inscrire dans cette langue.

Pourtant, cette bizarrerie soulevait à nouveau quantité de questions sur la nature exacte de l'endroit où nous nous trouvions.

Selon moi, tous les dialectes auraient dû être compréhensibles dans l'au-delà, comme en cet heureux temps qui précédait la tour de Babel. En allait-il autrement dans cette zone de transit où le personnel ne pouvait s'adapter aux particularismes? D'où l'emploi, pour la signalétique, de cette sorte d'anglais répandu sur les cinq continents? Il me semblait toutefois que le « No smoking» avait quelque chose d'insultant pour le Chinois du Sichuan, le Pygmée de la forêt congolaise ou le bûcheron sibérien. Devaient-ils désormais, pour accéder au ciel, assimiler quelques rudiments d'anglo-américain et se soumettre, ici, à la puissance dominante qui régnait également sur terre (le mot *terre* me rappela que mes proches devaient s'activer pour organiser mon enterrement; mais je n'y attachai presque aucun intérêt, tant mon attention se polarisait déjà sur les affaires d'outre-tombe).

Une chose était certaine: ces premières observations me replaçaient déjà dans une situation caractéristique de mon existence terrestre, consistant à m'agiter contre des états de fait auxquels je ne pouvais rien changer, à m'irriter de détails qui n'irritaient que moi, à partir en guerre contre des scandales dont l'évidence n'apparaissait qu'à mes propres yeux… J'en eus la confirmation presque aussitôt, tandis que mon numéro apparaissait sur l'écran lumineux et que je me levais sans effort (oui, cette notion d'effort physique avait totalement disparu) pour me diriger vers le guichet B. Là, je m'installai sur le siège face à une vitre de sécurité (pourquoi tant de précautions dans ce lieu de quiétude ?). De l'autre côté, la préposée — une jeune fille aux traits fins d'Indochinoise — releva son visage avec un sourire qui semblait me souhaiter la bienvenue. Mais, aux premiers mots que je prononçai dans ma langue usuelle, afin de la remercier de me recevoir, elle me renvoya un regard interrogatif, signifiant qu'elle n'avait pas compris un mot. Puis, comme pour confirmer mes craintes, elle prononça dans son micro :

— *In english, please !*

Ne souhaitant pas compliquer inutilement les choses, et comme je manie à peu près l'anglais, j'acceptai de me plier à la règle, tout en signifiant mon étonnement. Pour apporter des arguments supplémentaires, je désignai du doigt la femme africaine et l'enfant chinois qui, probablement, ne parlaient pas un mot d'anglais et se voyaient ainsi, dès l'entrée au paradis, affectés des mêmes handicaps que durant leur misérable vie terrestre. Pour toute réponse, j'entendis quelques mots déformés par le microphone :

— Ces questions ne relèvent pas de mes attributions. Mais vous pouvez adresser une réclamation écrite…

Décidément, si la notion d'éternité avait un sens, c'était bien par l'imitation de la vie terrestre avec ses formulaires, ses procédures, son absence d'interlocuteur capable de répondre à vos questions ; bref, par ce même sentiment d'impuissance au sein de l'appareil administratif. Je préférai donc me répéter que je me trouvais dans une phase de contrôle où le mieux consistait à suivre la procédure. La préposée inséra une fiche cartonnée dans le tiroir qui nous permettait de communiquer, puis la poussa vers moi et me pria de la remplir.

Les informations demandées, relativement banales, portaient sur mon identité terrestre, mes lieux de naissance et de décès, mes activités professionnelles, mon orientation sexuelle, etc. Au verso figuraient des questions plus graves — et plus inattendues — rappelant la liste qu'on doit cocher lorsqu'on se rend aux États-Unis : « Avez-vous été complice de génocide ? », « Avez-vous contesté l'existence du dérèglement climatique ? », « Avez-vous été accusé de harcèlement sexuel ? », « Avez-vous été condamné pour négationnisme ? », « Avez-vous été inculpé de pédophilie ? »

Comme il était notifié en bas du document, « la réponse positive à une seule de ces questions » m'aurait conduit vers un autre bureau, avec des conséquences fâcheuses... Mais comme je n'entrais, fort heureusement, dans aucune des catégories incriminées, j'apposai sans plus attendre ma signature au bas du document, tandis que la préposée indiquait de sa voix métallique :

— Maintenant, dirigez-vous porte 21, vers la cellule d'assistance psychologique.

Devant mon expression de surprise, la jeune femme adopta un ton protecteur pour préciser :

— N'oubliez pas que vous venez de mourir. Ce n'est facile pour personne ! C'est pourquoi nous vous invitons à rencontrer un spécialiste.

Elle semblait répéter des termes appris par cœur, face auxquels tout bavardage serait vain. Avant de prendre la direction indiquée, j'osai une dernière question :

— Pouvez-vous me dire à quoi correspond ce numéro ?

Je regardai mon coupon avant de préciser :

— Euh... vingt-cinq millions sept cent cinquante-six mille deux cent vingt-trois.

— C'est votre numéro d'entrée, répondit-elle. Cela signifie que vous êtes, depuis le début de l'année, la vingt-cinq millionième personne disparue. Un peu comme votre numéro d'immatriculation sociale, qui suit l'ordre de votre naissance... Eh bien, celui-ci indique l'ordre de votre mort !

Elle parut un instant embarrassée, comme si elle avait prononcé ce mot par erreur. Consultant son écran, elle s'empressa d'ajouter :

— Je veux dire de votre *décès*. La cellule de soutien psychologique va vous expliquer tout ça !

Elle désignait à nouveau la direction à suivre et je la remerciai.

La porte 21 s'ouvrirait-elle sur un local plus chaleureux, plein d'images douces et rassurantes ? Allais-je entrer dans le salon d'une sorte de psychanalyste, pour m'allonger sur son divan et aborder les questions essentielles de la destinée ? Non. La porte 21 donnait sur une nouvelle salle d'attente, aussi cafardeuse que la précédente. Aux murs étaient accrochées les mêmes photos de cité balnéaire : hôtels de cinquante étages, bungalows disposés sur une plage de sable, bars en plein air et cocktails de fruits, toujours surplombés de la mention : « *Get your ticket for paradise.* »

En relisant cette phrase, je m'inquiétai davantage. Fallait-il vraiment gagner son billet pour accéder au saint des saints ? Devait-on sortir victorieux d'une succession d'épreuves ? À nouveau, je me remémorai la chanson

«On ira tous au paradis», en me demandant si notre génération ne s'était pas bercée d'illusions. Puis, comme un écriteau m'invitait à le faire, je pris un numéro dans le distributeur.

L'attente fut plus longue et je restai cette fois près d'une heure sur la chaise en plastique orange. Autour de moi, des humains de toutes races et de tous âges patientaient, visiblement inquiets de savoir où les conduiraient ces formalités. Des conversations se nouaient entre ceux qui parlaient la même langue. Déjà quelques rumeurs, bribes d'informations, commentaires des uns sur les autres, répandaient dans ce local une agitation ordinaire. Enfin, le signal lumineux m'invita à me diriger vers le guichet D, face à un nouveau préposé, de type coréen, qui débita sa formule apprise par cœur :

— Je me présente : Koo Sung, membre de la cellule d'assistance psychologique. Je suis ici pour répondre à toutes vos questions concernant la fin de la vie, l'angoisse de la disparition et la perte des êtres chers…

Ma réponse tomba spontanément :

— C'est très gentil à vous. Mais je n'ai plus besoin de réponse, maintenant que je sais qu'il existe une vie après la mort.

Koo Sung reprit sans se démonter :

— Pour la vie éternelle, vous verrez plus tard, avec un de mes collègues…

Il ajouta, l'air grave :

— Une fois que vous serez définitivement admis. Car, pour l'instant, nous devons parler de votre décès.

— Je vous assure que ça ne m'intéresse plus du tout. C'était assez pénible comme ça.

Koo Sung avait prévu ma réponse :

— Ce phénomène de dénégation est fréquent. Vous avez l'impression que l'affaire est réglée, qu'il ne faut plus dramatiser. Pourtant, *tout* ce que vous avez aimé se trouve derrière vous, et vous ne le retrouverez plus jamais !

Cet abruti espérait-il me soutenir psychologiquement ou retourner le fer dans la plaie ? Je commençais à juger cet entretien déplacé, quand le visage de Koo Sung s'illumina pour m'annoncer, comme s'il était le Père Noël :

— Mais je garde pour vous une merveilleuse surprise. Dans quelques jours, vous allez retrouver votre papa et votre maman. Je crois même savoir qu'ils vous parleront dès aujourd'hui...

Mes yeux se figèrent dans une expression d'effroi, sans diminuer l'enthousiasme du psychologue :

— Vous allez revenir à vos premières joies, panser vos blessures intimes et reconstituer l'unité de votre famille.

— Vous n'avez rien de mieux à me proposer ?

Cette remarque laconique m'avait échappé. Je voulais bien vivre éternellement, mais certainement pas retourner vers cette famille dont j'avais choisi, fort jeune, de m'éloigner. Je n'éprouvais aucun besoin de rejoindre mon « papa » ni ma « maman » — comme il disait dans son vocabulaire infantile. J'acceptais d'être mort, mais je voulais être un mort libre ! Ai-je eu tort de le signifier à mon assistant psychologique ? À partir de là, tout a commencé à se dérégler. Koo Sung a de nouveau regardé son écran. Il a suivi une procédure, cliqué plusieurs fois. Puis, interrompant notre entretien sans autre explication, il m'a suggéré de me rendre porte 17 afin de procéder à la « finalisation » de mon dossier.

Les épisodes antérieurs m'incitaient à la méfiance. Comme je m'y attendais, après avoir poussé la porte 17, je suis entré dans une nouvelle salle d'attente, identique en tout point aux deux premières. Me comportant déjà en habitué, j'ai pris un ticket puis attendu mon tour. Mon numéro s'est affiché et je me suis approché du guichet. Mais il m'a bien fallu constater alors que l'homme assis en face de moi, sans vitre de protection, différait sensiblement des autres fonctionnaires.

Son air perplexe tranchait sur le sourire artificiel des précédents. Il n'avait pas leurs manières de robots chargés d'énoncer des phrases toutes faites. Affublé d'un costume gris clair, col ouvert, il m'observait avec une attention plus personnelle. Il s'est d'ailleurs exprimé dans ma langue, délaissant l'anglais minimal qui s'imposait jusqu'alors. Ses propos, en outre, avaient l'avantage de la clarté :

— Je me présente : Derek Rubinstein, je suis votre avocat. J'ai vu votre dossier. Et, autant le dire, votre affaire ne me paraît pas gagnée d'avance.

Pourquoi avais-je besoin maintenant d'un avocat ? Et pourquoi cet homme parlait-il de mon dossier ? La réponse tomba sur un ton d'évidence :

— Vous n'imaginez pas qu'on entre comme ça au paradis !

Cette réflexion, pour le coup, me sembla frappée au coin du bon sens. N'en déplaise aux chanteurs des *seventies*, aucune religion ne présentait le salut comme gagné

21

d'avance ; sans parler du contexte particulier que me décrivit Derek Rubinstein, l'air songeur :

— Ça devient difficile : ils sont submergés, là-haut. Je ne suis pas malthusien, mais nos installations ont été conçues pour une population beaucoup moins importante. La progression démographique nous étouffe !

Les découvertes se bousculaient. Oubliant mon propre cas, je brûlais d'en savoir plus sur ces embarras qui affectaient l'au-delà, tout autant que le globe terrestre. Je m'exclamai sur un ton de fausse naïveté :

— Ne me dites pas qu'on choisit les élus en fonction du nombre de places disponibles !

— Ce n'est pourtant pas loin de la vérité, monsieur.

— Et le mérite ? Et les bonnes actions ? Et tout ce que nous avons appris durant notre enfance ?

— On ne l'ignore pas. Mais il faut bien, aussi, tenir compte de ratios, de quotas, de disponibilités. C'est pourquoi les procédures d'admission ont été durcies.

— Est-ce à dire que tout le monde ne va pas au paradis ?

En posant ma question, je prévoyais la réponse : une cinglante désillusion ; l'effondrement d'une éducation optimiste, la mort du dernier rêve occidental. Derek Rubinstein confirma, l'œil sombre :

— Je vous rappelle que dans « Jugement dernier » figure le mot « jugement », avec ses élus et ses damnés.

Devant la perspective qui se précisait, mon corps frissonna (mais était-ce toujours mon corps ?) et je balbutiai :

— Cela signifie-t-il... ?

Difficile de prononcer le mot fatal qui sortit quand même :

— Voulez-vous dire que... *l'enfer* existe ?

Derek Rubinstein, cette fois, préféra esquiver :

— Je ne peux pas vous répondre à ce stade de la procédure. Mais le fait est que tout le monde n'accède pas au paradis.

Une nouvelle question me traversa l'esprit :

— Mais alors, que faites-vous de ceux qui méritent *théoriquement* la félicité éternelle... sans pouvoir entrer faute de place ?

— Eh bien, ils attendent !

Un lieu semblait matérialiser cette hypothèse :

— Vous voulez dire, au *purgatoire* ?

Derek Rubinstein ne put contenir un ricanement.

— Vous vous croyez dans un jeu vidéo ? Le purgatoire, je vous le rappelle, est un concept, disons... folklorique, qui remonte au Moyen Âge. Chez nous les choses sont beaucoup plus simples. Les candidats en attente sont orientés vers des espaces d'hébergement provisoire.

J'avais appris à me méfier du mot « espace » depuis que le local poubelles de mon immeuble s'était transformé en *espace propreté*. Un autre terme sortit spontanément de ma bouche, avec ses images de tentes, de barbelés, son hygiène et son confort déplorables :

— Vous voulez dire des camps de réfugiés ?

L'avocat ne chercha pas à démentir :

— Oui, en quelque sorte. Nous y plaçons en priorité ceux qui ont déjà pris l'habitude, sur terre, par suite de guerres ou de grande pauvreté. Comme ça, ils ne sont pas trop dépaysés.

Je ressentis à ces mots un ignoble soulagement. Il me semblait effectivement que mon statut d'Européen, rodé à un certain confort, devait faire de moi un candidat prioritaire pour les meilleures places. Évidemment, du point de vue biblique, on était loin des *Béatitudes*: « Heureux ceux qui souffrent, car le royaume des cieux est à eux... » Mais, en même temps, l'administration du paradis se montrait pragmatique. Soucieuse d'ordre et de sécurité, elle évitait de faire basculer trop vite les élus d'une condition à l'autre. Dans de telles circonstances, je pourrais me contenter de la résidence balnéaire représentée sur les posters. Je revins alors au point de départ et demandai sur un ton confiant :

— Croyez-vous vraiment que mon dossier puisse poser... certaines difficultés ?

En fait, je ne voyais guère ce qui pourrait freiner mon élection. Autant le dire, je n'étais pas loin de considérer mon parcours terrestre comme remarquable par certains aspects. Conscient de mes failles et de mes défauts, je m'attribuais un goût du plaisir, une sensibilité, un charme qui m'avaient rendu agréable aux autres. Pourtant, loin de répondre à mes attentes, Derek Rubinstein me regarda dans les yeux avant de prononcer cette phrase surprenante :

— Je suis votre avocat. Alors ce n'est pas la peine d'essayer de m'embobiner !

Je ne comprenais pas :

— Comment ça, vous embobiner ?

— Écoutez, monsieur. Quand vous avez rempli le questionnaire, tout à l'heure, avez-vous répondu honnêtement à toutes les questions ?

— Mais, certainement !

— Y compris celles qui se trouvaient au dos ?

— Évidemment ! Je ne crois pas être complice de crime contre l'humanité ; et je n'ai jamais été condamné pour harcèlement sexuel...

— Ni accusé de pédophilie ?

— De pédophilie non plus !

Où voulait-il en venir ? La réponse tomba sans attendre :

— Voyez-vous, ce questionnaire n'est pas destiné à identifier les auteurs de crimes ; car le Très-Haut connaît le moindre de vos actes.

Il avait dit le « Très-Haut », comme il aurait prononcé le nom du patron ; puis il poursuivit :

— Non, ce questionnaire sert plutôt, disons, à tester les nouveaux arrivants. L'important n'est pas que vous soyez parfait ; c'est de vous montrer franc et loyal. Parce qu'un simple mensonge en autorise mille autres... Or, d'après ce que je sais, vous avez menti sur plusieurs points.

Tout en parlant, il parcourait l'écran de son terminal informatique, cliquant sur des liens, comme s'il recoupait des informations contradictoires. De mon côté, je me sentais d'une parfaite bonne foi :

— Mais enfin, je vous assure que je n'ai jamais commis ces abominations.

— Vraiment ? Eh bien, moi, je n'en suis pas certain. Par exemple, vous avez déclaré ne jamais avoir remis en cause le réchauffement de la planète, n'est-ce pas ?

Je bafouillai :

— Oui, enfin... Ces peurs collectives m'agacent parfois. Mais pas au point de nier l'évidence, sauf pour plaisanter !

L'avocat ne semblait pas de cet avis. Se penchant de nouveau vers l'écran, il lut :

— Le 16 janvier 2011, au cours d'un repas avec plusieurs de vos anciens collègues d'université, vous affirmiez *ne pas croire du tout* au réchauffement sous l'effet de l'activité humaine — et n'y voir que « les aléas des mouvements climatiques qui affectent la terre depuis la nuit des temps ». Fin de citation.

Je me rappelais ce genre de conversation, où je m'emportais par esprit de contradiction. Mais, surtout, je mesurai pour la première fois l'extraordinaire puissance du « Très-Haut » et sa connaissance universelle recouvrant chacun de nos gestes et de nos pensées. Aussi fus-je à nouveau surpris quand Derek Rubinstein, en guise d'explication, affirma :

— Nous avons une copie de l'enregistrement pris par la caméra de vidéo-surveillance de l'établissement !

— La caméra ?

— Oui, la caméra !

— Est-ce à dire que vous avez accès à ces données ?

— Le Seigneur possède mille façons de vous connaître ; et il n'a aucune raison de se priver de celle-ci. Mais passons tout de suite au second point : la pédophilie !

Je ne pus retenir un élan d'indignation :

— Là, monsieur, je ne vous permets pas !

— Je vous rappelle que je suis votre avocat. Mon rôle est de vous défendre, non de vous accabler. C'est pourquoi nous devons savoir de quelles informations disposent nos adversaires. Or, d'après les listes que j'ai sous les yeux...

— Faut-il vous le répéter ? Je n'ai aucun goût pour les enfants, pour quelque usage que ce soit !

— Il vous est arrivé, pourtant, de consulter, sur des sites Web, des photos de filles à poil. Vous ne détestez pas, que je sache ?

— Et alors, quel rapport ?

— Le rapport, c'est que vous ne vous êtes pas soucié de savoir si ces... ces « artistes » étaient toujours majeures.

Je restai silencieux. De fait, il mettait le doigt sur une question qui m'avait parfois troublé... à tel point que j'avais une réponse en réserve :

— Les sites que j'ai pu consulter... occasionnelle-ment... précisaient toujours que les modèles étaient majeurs. D'ailleurs, ces filles n'avaient pas du tout l'air d'enfants.

— Autrement dit, vous vous êtes donné bonne conscience à peu de frais. Si je vous racontais le nombre de pornographes peu scrupuleux qui photographient des adolescentes de seize ou dix-sept ans, en Amérique du Sud, en Europe de l'Est, vous commenceriez peut-être à réfléchir plus sérieusement.

Je n'en croyais pas mes oreilles :

— Mais ce n'est pas le paradis, c'est un commissariat de police. Et d'où tenez-vous ces informations ?

— En principe, cela ne vous regarde pas, mais j'ai des relevés précis de votre fournisseur d'accès. Le Très-Haut ne rigole plus avec ce genre de questions. Mais ce n'est pas tout. J'ai encore sous la main quelques e-mails signés de vous, où vous vous livrez à des plaisanteries douteuses sur l'immigration ; notamment, je cite : l'« invasion de romanichels ». Vous avez oublié ?

— Mais enfin, ce sont des courriers personnels, de mauvaises blagues entre potes... qui ne nous empêchent pas d'être de gauche et antiracistes !

— Je me fiche que vous soyez de gauche, et il n'y a pas de courriers confidentiels. Ou du moins il n'y en a plus. Autrefois, dans le flou, on se fiait à la bonne foi des clients, à leurs actions éclatantes. Désormais, tout est en boîte. Tout ce que vous avez dit, écrit, depuis des dizaines d'années, nous en possédons la copie conforme.

— Alors, je suis dans le pétrin !

Derek Rubinstein prit un ton qui se voulait rassurant :

— Ce n'est pas la catastrophe. On compte aussi quelques bons points en votre faveur ; la balance pencherait même plutôt de ce côté-là. Sauf qu'avec la surpopulation, je ne peux rien vous promettre. En tout cas, je vous conseille de plaider coupable.

— Parce qu'il me faut plaider ?

— Oui, le plaider-coupable vous attirera la clémence. Au pire, vous ferez quelques années de camp.

Le silence était retombé. Il me regardait, l'air protecteur, tandis que je balbutiai :

— Et maintenant ?

Mon avocat répondit sans hésiter :

— Maintenant, filez à la porte 15 pour la visite médicale !

— Une visite médicale ? À quoi bon, puisque je suis mort ?

Agacé par ma remarque, il répondit sèchement :

— Ne cherchez pas à comprendre. Et réfléchissez à notre affaire. On se voit demain à la même heure.

Il y avait donc des heures, des jours et des nuits au

paradis. Moi qui avais parfois rêvé d'une vie éternelle ressemblant trait pour trait à la vie terrestre, j'étais comblé. Sauf qu'elle n'avait pas retenu le meilleur de la condition humaine et s'ingéniait plutôt à imiter le pire. Je me suis alors levé comme un animal docile et dirigé vers la porte 15 afin de découvrir la suite de la procédure.

II

La phrase

1

Simon prend le train

Simon, ce matin, se sentait d'humeur moderne. Au moment d'entrer dans la voiture de première classe, parmi ces hommes et femmes d'affaires filant d'une ville à l'autre à trois cents kilomètres heure, il avait éprouvé un sentiment délicieux : l'impression d'être en phase avec son époque. À cinquante ans passés il appartenait au monde des « gagnants », et cette idée lui procurait un plaisir teinté d'ironie. Son billet électronique en main, il avait trouvé la « place isolée » commandée sur Internet ; puis, tandis que ses voisins ouvraient leurs PC ou pianotaient sur leurs téléphones, il avait fait glisser le fauteuil en position inclinée pour mieux goûter ce moment de délectation. Privilège suprême : contrairement aux passagers qui entamaient des réunions dans la lumière tamisée, Simon ne voyageait pas pour se livrer à de banales affaires commerciales. Il s'en allait donner une conférence dans une université, ce qui était autrement plus chic. La condition d'intellectuel lui interdisait les stock-options et la vraie fortune ; du moins pouvait-il prendre le temps de vivre et faire rembourser ce billet à deux cents euros, ce qui n'était déjà pas si mal.

Il s'apprêtait donc à piquer un somme lorsque commença la litanie des annonces. Une femme se présenta comme la «cheffe de bord». Elle s'appelait Manon et mentionna la ville de destination, le nom de la compagnie, l'interdiction de fumer sous peine de poursuites, celle de descendre du train en marche, puis diverses obligations comme celle d'étiqueter les bagages pour des raisons de sécurité. Reprenant sa respiration, elle annonça aux passagers qu'elle viendrait prochainement à leur «rencontre» et Simon se demanda s'il s'agissait d'une femme ou d'un prêtre; puis elle recommença le tout en anglais. Quelques instants plus tard, Kevin prit la parole de la même voix bousculée. Il se désigna comme le «steward», mentionna la marque de restauration qui l'employait, puis invita les passagers à «découvrir» son buffet froid et son buffet chaud. Quelques cadres se levèrent tandis que Simon rêvassait. Un quart d'heure plus tard, il eut envie d'un café.

Remontant le couloir de première classe, il apprécia les tailleurs élégants, les chevelures soyeuses, les costumes bien coupés, les mentons rasés, les cous parfumés. Quelques groupes de travail débattaient de projets; les solitaires pianotaient sur leurs claviers; dehors défilait un paysage de champs de blé. Marchant à contresens, souple et presque aérien, Simon avait déjà traversé deux voitures, quand il s'immobilisa derrière une file d'attente.

Dans ce couloir étroit, débouchant au loin sur le comptoir de restauration, les cadres supérieurs patientaient comme des enfants sages. À l'extrémité, Kevin, seul et débordé malgré son énergie matinale, préparait les cafés, réchauffait les aliments, demandait les cartes de crédit, faisait fonctionner son terminal qui marchait une fois sur deux, servait les aliments. Cinq minutes plus tard, deux clients seulement étaient passés et Simon échangea un regard compatissant avec sa voisine. Coincés le long d'une paroi métallisée, les « gagnants » s'impatientaient ; certains déploraient le manque de personnel et le conférencier avait envie de leur dire : « C'est vous, affreux capitalistes, qui avez engendré cette situation en réduisant les coûts pour augmenter vos profits ! » Il se rappelait les voitures-restaurant de son enfance, où la nourriture n'était guère meilleure, mais où l'on s'asseyait avec le journal, tandis que plusieurs employés assuraient le service. Simon n'y pouvait rien : malgré ses efforts pour vivre avec son temps, il voyait régulièrement le passé resurgir avec un parfum de nostalgie.

Quand son tour arriva, il commanda un café et un croissant ; puis, muni de sa pitance, il regagna sa place, en tâchant de ne pas renverser son gobelet brûlant. Retrouvant son fauteuil, il tenta de se raisonner : non, décidément, il ne devait pas râler à tout propos, surtout à l'aube d'une belle journée. Alors il ferma les yeux pour répéter l'introduction de cette conférence qu'il comptait dire sans notes. Au programme : la « protection de la vie privée » — un sujet qui passionnait toujours les étudiants férus d'Internet. En soulignant les différences de législation d'un pays à l'autre, Simon inviterait son auditoire à réfléchir sur la relativité du droit. Satisfait de cette perspective, il s'assoupit enfin, voluptueusement.

Arrivé à la gare de destination, Simon se mit en marche vers l'université toute proche. Il gardait un vague souvenir de cette capitale régionale avec ses édifices de style italien, ses églises baroques et ses places perdues. À dix ans de distance, il lui sembla toutefois que le décor avait changé. Était-ce le ravalement des immeubles ? Dressant la tête d'un bâtiment à l'autre, il reconnaissait l'allure des façades, les volets sculptés, les balcons de ferronnerie, mais tout semblait javellisé, nettoyé jusqu'à l'os. Plus bas, le long des trottoirs, les bazars de province avaient disparu, remplacés par un alignement d'enseignes qu'on aurait pu retrouver à Londres, Barcelone ou Tokyo : Zara, H&M, Esprit, Nike, Gap, Solaris. Les marques de vêtements, de sacs, de lunettes, occupaient tout le quartier et Simon n'avait plus l'impression d'arpenter une ville de province, mais une galerie commerciale à ciel ouvert.

Il se reprit aussitôt, accusant son fichu passéisme. Ce quartier rénové valait bien la cité crasseuse d'hier, où l'on s'ennuyait en rêvant du vaste monde. L'avenue principale, encombrée d'autos, s'était transformée en espace réservé aux piétons et aux bicyclettes, seulement troublés par la cloche du tramway. Devant le *Starbucks coffee*, les clients à la queue leu leu semblaient heureux de patienter avant de se servir eux-mêmes. Marchant encore, Simon aperçut la belle silhouette de l'hôtel Ducal quand il sentit une vibration dans la poche droite de son pantalon.

Retrouvant illico son impatience d'homme moderne, il enfonça la main, tira son smartphone, regarda l'écran, et constata avec surprise que « cent soixante nouveaux messages » étaient arrivés. Il ne recevait habituellement que trente ou quarante courriels par jour. Pourquoi cent soixante depuis ce matin ? Simon fit défiler la liste et

s'étonna davantage encore de constater qu'il s'agissait
d'anciens messages détruits depuis belle lurette. Pourquoi se rappelaient-ils à lui par le biais de son téléphone portable ? Les mystères du Web étaient immenses.
Sans bien comprendre le phénomène, le conférencier
s'appuya contre un mur pour purger sa messagerie et
détruire ces déchets numériques revenus sans la moindre
permission. Puis il éteignit son téléphone.

2

Simon au bureau

Quand il décidait d'aller au bureau, Simon Laroche attendait souvent 11 heures pour entrer sous le porche du Palais national. Réfractaire aux horaires fixes, il observait avec sympathie la rigueur de ses subalternes qui s'astreignaient à la ponctualité. Mais il refusait d'entrer dans ces calculs, encourageant même son assistante à prendre une demi-journée supplémentaire chaque fois qu'elle en avait besoin. Généreux pour sa petite équipe, le rapporteur de la *Commission des Libertés publiques* avait ainsi moins de scrupules à s'accorder certaines facilités personnelles : arriver en fin de matinée, partir à la campagne, donner des conférences rémunérées en province, accomplir son travail, mais, surtout, échapper au côté mécanique de la vie professionnelle.

Ainsi régnait-il en roi débonnaire sur cette structure administrative financée par l'État, telle une niche de prospérité dans un monde en crise. Chaque trimestre, la Commission des Libertés publiques publiait des « avis » sur tout ce qui concernait la protection de la vie privée. Supervisée par un groupe de sages et d'experts, elle s'exprimait sur des litiges ou des projets de loi liés à la conservation d'informations confidentielles. Ses travaux ne changeaient rien à la marche du monde, mais cultivaient les formes d'une démocratie souveraine. Des années de militantisme politique, d'activité dans des revues spécialisées, de relations bien choisies avaient permis à Simon d'obtenir ce poste envié. Depuis lors, en homme de progrès, il désirait que la Commission se distinguât, dans le chaos de la globalisation, par un bon niveau de salaires et un faible niveau de contraintes. Cet hédonisme n'excluait pas les sacrifices. Après des années d'espoir, Simon avait renoncé à obtenir une voiture de fonction : rêve d'enfant abandonné en cette période rigoureuse où les hauts fonctionnaires devaient montrer l'exemple.

Il y songeait, ce matin, avec un brin de tristesse, au moment de garer sa BMW dans la cour puis de marcher vers le hall du Palais national. Situé en plein centre de la capitale, cet ancien hôtel particulier abritait diverses institutions. La Commission y disposait de cent mètres carrés pour ses quatre employés permanents — très au-dessus de la norme officielle récemment fixée à « dix mètres carrés par salarié ». L'idée d'un tel ratio, établi par d'obscurs comptables, indignait le rapporteur de la CLP qui voyait, au contraire, dans ces excellentes conditions de travail, une marque du prestige de l'État, par opposition au servage de l'entreprise privée.

Il grimpa les marches deux à deux. Les cheveux grisonnants mais drus, la cinquantaine alerte, Simon parvenait encore à dissimuler son ventre sous son veston. Il salua son assistante et demanda des nouvelles de ses enfants ; puis, constatant l'absence du chargé de mission, il se rappela que celui-ci participait à un colloque sur les réseaux sociaux.

De fait, l'activité de la Commission se trouvait, en ce moment, proche de zéro. Mais la véritable et permanente mission de Simon consistait à entretenir d'excellentes relations avec le secrétariat d'État qui garantissait le versement des subventions annuelles. C'est pourquoi il indiqua à son assistante :

— Il faudrait me réserver une table pour deux personnes, aux Folies gourmandes.

En attendant, il regarderait son courrier, passerait quelques coups de téléphone, puis gagnerait à pied cet excellent restaurant où il devait retrouver son amie Ingrid, conseillère du secrétaire d'État. L'assistante acquiesça, tandis que Simon se dirigeait vers son bureau, ouvrait la porte et contemplait ce décor aménagé comme une œuvre personnelle.

Les livres recouvraient deux murs entiers de rayonnages. On y reconnaissait, sous les reliures en cuir, quelques classiques de la littérature politique et juridique. Dans une autre rangée figuraient les ouvrages auxquels Simon avait collaboré, notamment tous les numéros de sa revue *Contre-Pouvoirs* qui avait exercé une certaine influence dix ans plus tôt. Il avait également regroupé ses romanciers favoris pour rappeler aux visiteurs son amour des lettres. Cette bibliothèque présentait toutefois l'inconvénient d'envahir un espace toujours plus grand, ce qui avait obligé Simon à créer de nouveaux rayons, sans parler des volumes amassés à son domicile. Un jour, son fils Tristan, venu lui rendre visite, lui avait infligé une cruelle observation :

— Dire que tout ça tiendrait sur une clé USB !

Le père avait répondu sans se démonter :

— Tu ne te rends pas compte. Ce sont des livres rares, introuvables sur Internet.

— Plus pour longtemps. La Bibliothèque du Congrès est en train de tout mettre en ligne.

Simon avait cherché un autre argument :

— J'ajoute que ces livres sont *annotés* ! Je peux retrouver chaque passage qui m'intéresse...

— Tu y arriverais plus vite avec un moteur de recherche !

Avait-il raison ? Cette bibliothèque amoureusement constituée ne représentait-elle qu'une vaine accumulation narcissique ? Simon s'était consolé en regardant les tableaux qui recouvraient l'autre mur : une grande toile abstraite et une affiche de paquebot, liés eux aussi à des souvenirs personnels, mais plus difficiles à numériser !

Près de la fenêtre, quelques parapheurs recouvraient son bureau en marqueterie réservé à l'usage du papier et du stylo. Sur le côté, une console accueillait le clavier et l'écran plat où Simon, comme tout le monde, effectuait l'essentiel de son travail. À peine installé, il se tourna vers l'écran, appuya sur une touche. Soudain, il se figea en constatant que « deux cent trente-six nouveaux messages » étaient arrivés.

Le rapporteur ferma les yeux puis les rouvrit, incrédule. C'était le même phénomène exactement que la veille : quantité d'anciens courriels avaient envahi son ordinateur. Plus bizarre encore : parmi ces messages figuraient ceux qu'il avait pris soin de détruire lors de son déplacement. Simon, perplexe, composa le numéro de son chargé de mission, spécialiste d'Internet, mais il tomba sur le répondeur. Il flotta encore un moment dans le vague, quitta la page de courrier, passa en revue la liste des dossiers en cours. Enfin, après une dernière hésitation, il lança son navigateur pour se livrer à l'occupation secrète qui, ces derniers temps, empiétait de plus en plus sur son temps de présence.

Soudain pleins d'énergie, ses doigts tapèrent l'adresse d'un site. Sur la page d'accueil, une demi-douzaine de poupées blondes aux prénoms russes s'offrirent aussitôt dans des poses suggestives : un bout de langue, un sourire candide ; juste ce qu'il fallait pour donner envie d'aller plus loin. Un bref instant Simon tenta de se raisonner ; puis, d'un clic à l'autre, il se mit à la recherche de « Natacha », sa favorite. En habitué, il arriva sur une page où la jeune fille apparaissait à l'intérieur d'une datcha, enveloppée de fourrures qui tombaient à la page suivante. Elle pouvait avoir seize ou vingt-cinq ans, selon ce qu'on voulait — quand bien même le site précisait que tous les modèles étaient âgés de *dix-huit ans révolus*.

Depuis quelques semaines, l'attirance de Simon pour cette fille tournait à l'obsession. Les yeux bleu vague et les comportements relâchés de Natacha l'intéressaient tellement qu'il avait entrepris de rassembler toutes ses photos. Voyageant dans l'espace infini des sites érotiques, il explorait chaque planète, à la recherche de ce personnage imaginaire qui, sans doute, ne s'appelait pas Natacha, mais qui livrait si volontiers ses secrets intimes. Développant pour elle une affection particulière, Simon la voyait comme sa protégée, son amie, sa confidente, liée à lui par des secrets que sa propre femme ignorait.

Aux poussées de fièvre succédaient les renoncements théâtraux. Comment le fondateur de *Contre-Pouvoirs* pouvait-il perdre son temps à regarder ces images dignes d'exciter les collégiens ? Après avoir accumulé les photos dans un dossier, il les détruisait d'un seul clic, comme on chasse une mauvaise pensée. Pendant quelques jours, Simon opposait aux obsessions futiles la richesse de ses passions historiques et littéraires… Puis le souvenir de Natacha revenait, lancinant, tel un innocent moyen d'étancher sa soif d'érotisme sans mettre en péril sa vie conjugale.

D'un clic à l'autre, sa main s'égarait et ses yeux s'impatientaient de retrouver certaines photos détruites, lorsqu'on frappa à la porte. Simon se redressa tandis que son assistante apparaissait dans l'entrebâillement :

— Vous avez encore besoin de moi ?

Elle ne pouvait heureusement voir que le dos de l'écran. Son patron, la tête rougeaude, prit un ton de fausse assurance pour répondre :

— Non, merci bien. Vous pouvez aller déjeuner.

— Très bien, alors j'y vais.

« Putain de sexualité masculine », songea Simon, tandis qu'elle s'éloignait. Sous ses yeux, une jeune Slave entrouvrait les jambes. Soudain honteux, il ferma d'un clic la fenêtre de navigation, puis nettoya méthodiquement la mémoire de l'ordinateur, au cas où un subalterne viendrait y mettre le nez. Enfin, comme s'il reprenait pied, il se dirigea vers le coin salon et chercha, dans sa bibliothèque, une anthologie de la poésie anglaise du XIXᵉ siècle.

3

Nouveau combat

Quand ils tiraient sur leurs cigares en décryptant l'actualité, Fred et George ressemblaient à deux gosses imitant les patrons de presse des films populaires américains. Daisy Bruno s'en amusait au cours des réunions de rédaction où ils s'écoutaient pérorer dans un nuage de fumée. George, tiré à quatre épingles, assumait son style de big boss aux décisions irrévocables. Fred, le rédacteur en chef, plus petit, plus gros, semblait toujours à l'affût d'un scoop, col de chemise ouvert, cravate desserrée, son café à la main telle une réserve d'énergie. L'un comme l'autre mettaient un point d'honneur à n'ignorer rien des sujets les plus confidentiels. Ils possédaient les clés qui permettent de comprendre et se grisaient de leurs analyses. Tout cela frisait la caricature lors des réunions importantes qui avaient trait aux finances ou aux choix éditoriaux. Les deux quadras allumaient alors d'énormes havanes, comme si le devoir d'information balayait les réglementations anti-tabac en vigueur sur City Channel.

Au moment où Daisy entra dans la pièce, vers 15 h 30, ils prirent toutefois soin de lui demander si la fumée ne la dérangeait pas, car leur position hiérarchique supérieure les aurait dangereusement exposés dans le cas d'une plainte de leur salariée. George se tenait assis derrière son bureau, tandis que Fred, dans le feu de l'action, demeurait appuyé au mur, gobelet en main. Près de lui, enfoncée dans un fauteuil, la directrice adjointe résistait héroïquement au nuage tabagique ; mais elle se leva dès qu'elle aperçut Daisy et s'avança pour l'embrasser :

— Comment tu vas ? Bravo pour ton émission d'hier ! J'ai a-do-ré ce vieux syndicaliste plein de nostalgie !

— Merci, Kristin, c'est gentil.

Pourquoi se montrait-elle si chaleureuse ? Et que préparait cette mise en scène ? Les deux femmes, qui venaient de franchir la quarantaine, n'étaient généralement d'accord sur presque rien. À ses débuts à la radio, Daisy avait sympathisé avec cette fille timide, un peu boulotte. Puis, tandis qu'elle devenait journaliste-vedette, Kristin avait gravi les échelons de l'administration grâce à sa qualité la moins contestable : sur la plupart des sujets, elle incarnait l'opinion dominante ; celle du moins qui soudait les médias sur la menace populiste, le gaspillage des services publics ou l'urgence du mariage gay... Ce côté « baromètre de l'air du temps » la rendait utile à une chaîne de radio qui évitait de bousculer les idées reçues. Il l'opposait aussi, parfois, à Daisy qui, inversement, devait le succès de son émission à sa liberté de ton et à ses invités à contre-courant.

La meilleure arme de Daisy restait toutefois sa notoriété, appuyée sur d'excellents sondages. À présent, dans le bureau directorial, elle sentait que ses interlocuteurs n'oseraient pas lui donner de véritables consignes, qu'ils afficheraient leur respect pour son métier et sa liberté professionnelle. Tout juste tenaient-ils à lui faire une « suggestion », probablement inspirée par Kristin. Celle-ci, en effet, demeura silencieuse, tandis que George lançait à son tour un compliment sur l'interview de la veille, puis enchaînait :

— J'en viens au fait : on a reçu une dépêche importante !

— Une nouvelle avancée pour la cause des femmes ! ajouta Fred, solennel et persifleur, tandis que Kristin lui adressait un regard furieux.

Chacun, dans la station, connaissait les convictions féministes de la directrice adjointe, tout comme le manque d'intérêt de Daisy Bruno pour ce combat. Était-ce d'avoir grandi dans une famille où les filles faisaient ce qu'elles voulaient, sous les yeux admiratifs de leur père ? Puis d'avoir suivi brillamment ses études de journalisme ? Portée par ses succès professionnels, Daisy n'avait guère éprouvé le sentiment d'être moins bien traitée que ses collègues masculins. Elle s'étonnait parfois d'entendre les nouvelles générations dénoncer sans relâche la barbarie machiste. Kristin, au contraire, saluait l'intransigeance des jeunes militantes, peu disposées à se contenter d'une égalité de principe. Mais cette question divisait également les hommes de la rédaction. Les uns, rassurés par la modération de Daisy, y voyaient la confirmation de ce qu'ils n'osaient dire : le monde avait changé, le temps des conflits était passé. Les autres se flagellaient en dénonçant les méfaits de leur propre sexe. Quant aux deux patrons, ils évitaient de s'engager mais considéraient, stratégiquement, qu'une radio à forte coloration sportive, animée par des journalistes majoritairement masculins, ne devait pas se laisser enfermer dans une image machiste. C'est pourquoi George reprit dans une bouffée de havane :

— Demain paraîtra dans la presse un manifeste contre la pornographie sur Internet : c'est le nouveau défi du mouvement « Nous, en tant que femmes ! »

Daisy leva les yeux au ciel en songeant à ce groupuscule qui, depuis trois ans, menait des actions coups de poing pour dénoncer l'« ordre du mâle ». Leur style vaguement gauchiste lui apparaissait comme une colère d'enfants gâtés, mais sa réaction provoqua l'intervention de Kristin :

— Ma chérie, je sais que tout cela ne te passionne pas. N'empêche qu'on doit donner une visibilité à cette revendication.

Fred précisa, désabusé :

— Quand bien même les routiers qui nous écoutent accrochent dans leurs camions des photos de bimbos à gros seins !

— En somme, vous voulez éduquer votre public, ironisa Daisy. Mais quel est exactement le but de ce manifeste ?

Kristin baissa la tête en marmonnant :

— Pénaliser la consultation d'images dégradantes pour les femmes.

Sous son air de grande perche dégingandée, Daisy montrait généralement une candeur rieuse. Elle se contenta cette fois d'une grimace horrifiée :

— Ça veut dire quoi, dégradantes ?

Kristin redressa le visage, un peu fâchée :

— Je suppose que tu plaisantes ! Tu n'as qu'à aller voir

sur Internet et tu comprendras. La pétition demande que la justice puisse saisir les listes de téléchargement de certaines images, avec leurs utilisateurs.

— Quoi ?

Daisy, cette fois, ne riait plus du tout :

— Mais, Kristin, c'est un appel à la délation. Tout ça parce que des malheureux vont voir des filles nues sur leur ordinateur !

— Tu crois peut-être qu'elles se contentent d'être nues, rectifia la directrice adjointe.

— Ah, tu parles du porno ! Et en quoi, je te prie, sont-elles plus dégradantes pour les femmes que pour les hommes ?

Il y eut un temps de silence, puis Kristin répondit sans se démonter :

— Parce que la plupart de ces nanas sont exploitées du fait de leur pauvreté. Et aussi, je te le rappelle, parce que 90 % des consommateurs de pornographie SONT DES HOMMES !

Son regard avait brillé pour proclamer la sentence, tandis que Daisy enchaînait sur un ton très calme :

— Qui sont tous des malades sexuels, bien sûr !

Fred et George gardaient prudemment le silence, mais elle se tourna vers eux en ajoutant :

— Le mieux serait de vous mettre en prison de façon préventive. Comme ça, on serait tranquilles.

Les deux boss appartenaient, certes, à cette engeance monstrueuse, avec leur virilité et leur gros cigare ; si bien qu'ils appréciaient la compassion de Daisy. Mais il fallait donner des gages à l'air du temps. C'est pourquoi

George, retrouvant sa solennité de grand patron, résuma les données du problème :

— Sauf erreur de ma part, ton invité de jeudi n'est pas dans l'actualité chaude ; tu devrais pouvoir décaler.

De fait, convint Daisy, ce philosophe pourrait aussi bien venir la semaine suivante. Elle acquiesça, tandis que Fred reprenait :

— Comme tu l'as compris, nous aimerions que tu reçoives une des animatrices de « Nous, en tant que femmes ! » pour expliquer le sens de cette pétition...

En parfait duettiste, George précisa :

— Kristin propose Adama Lolo.

Daisy voyait fort bien cette grande métisse au faciès délicat que George avait probablement croisée dans un cocktail. Même pour défendre la cause des femmes, il ne pouvait réprimer son excitation devant une jolie fille. Sentant Daisy sur le point de céder, il précisa :

— Naturellement, tu pourras la contredire.

Fred ajouta en tétant son cigare :

— Pour rendre le débat plus vivant, tu pourrais aussi recevoir un des hommes qui ont signé la pétition : comme le président du collectif « Simplement Gays ».

— Au point où on en est !

— Merci, Daisy ! prononça aussitôt Kristin.

La journaliste en profita pour poser ses conditions :

— D'accord. Mais, conformément à l'esprit de contradiction qui caractérise cette émission...

Elle poursuivit en fixant la directrice adjointe :

— J'inviterai ensuite une personnalité opposée au manifeste.

— Évitons quand même la tribune des nouveaux réacs !

Kristin n'avait pu retenir cette exclamation qui se retourna contre elle. George sonna la fin de la réunion en donnant raison à Daisy :

— Bien sûr, pas de problème. Comme ça, on sera inattaquables !

Avant de sortir, Kristin dévisagea Daisy avec un air de tendresse mêlée d'incompréhension :

— Je ne comprends pas pourquoi tout ça te fait si peur !

Sur ces mots, elle s'éloigna, renvoyant aux trois autres son derrière moulé dans la toile du blue-jean.

4
Le cloud

Simon s'était levé dans les lueurs de l'aube. Le chant d'un merle lui avait rappelé que le printemps s'avançait. Plein d'entrain, il avait embrassé sa femme et son fils avant de filer au bureau plus tôt que d'habitude. Il arrivait au ralentissement de la bretelle d'autoroute, quand le téléphone sonna. C'était Ingrid, la conseillère du secrétaire d'État. Elle voulait l'informer de cette pétition féministe, parue dans la presse le matin même, visant les utilisateurs de sites pornographiques. Simon commença par éclater de rire :

— Elles sont dingues !

Puis l'image de Natacha lui traversa l'esprit. Ses photos entraient-elles dans la catégorie « dégradante » visée par la pétition ? Ingrid, en tout cas, trouvait malvenue cette atteinte à la vie privée — quand bien même elle devait, politiquement, soutenir tout progrès supposé de la cause des femmes. C'est pourquoi une mise en garde émise par la Commission des Libertés publiques faciliterait la tâche du secrétaire d'État et l'aiderait à rester prudent.

— Compte sur moi, promit Simon.

Arrivé le premier au Palais national, il se jeta sur

51

Internet, et découvrit que cette affaire faisait déjà le buzz. Sans attendre, il entreprit de rédiger sa note selon sa méthode favorite : prendre un ton modéré, mettre en valeur les arguments de l'adversaire pour mieux les balayer. En quelques lignes bien tournées, il rappela l'importance du respect de l'image de la femme, la misère de l'exploitation sexuelle et de la pornographie... avant d'insister sur l'intangible respect de la vie privée des internautes et les limites de l'action pénale. Il relut trois fois son texte, changea quelques mots, supprima des virgules, puis il le mit en ligne sur le site de la CLP, sous forme d'éditorial, en annonçant une prochaine réunion de la commission de sages à ce sujet.

Ayant achevé cette première tâche, Simon, toujours guilleret, rangea quelques volumes entassés dans les rangées de sa bibliothèque et tomba sur cette belle édition de *Candide*, récemment acquise chez un marchand de livres anciens. Il avait toujours adoré la formule qui accompagne le héros dans les catastrophes : « Tout est pour le mieux dans le meilleur des mondes possibles. » Parfois il songeait que son destin le rapprochait du personnage de Voltaire : accomplissant des efforts pour vivre et penser comme ses contemporains, sans toujours y parvenir ; et s'éloignant du monde pour cultiver son « jardin », à savoir cette bibliothèque pleine de trésors. Trop pleine, d'ailleurs, ce qui obligea Simon à déplacer une pile de livres, puis à grimper sur une chaise pour insérer *Candide* dans la rangée supérieure, à côté des œuvres complètes du philosophe.

Quand sa secrétaire entra brusquement, il faillit trébucher. Elle ne s'attendait pas à le trouver au travail de si bon matin. Mais Simon, joyeux, insista pour préparer lui-même le café, en attendant l'arrivée de son rendez-vous : un expert de la police, spécialiste d'Internet, avec lequel il souhaitait discuter de ces curieuses résurgences de courriels.

Depuis quinze jours, le phénomène s'étendait, laissant les opérateurs du Web impuissants. Quand l'épidémie avait commencé au Texas, nul ne s'était inquiété de cette « faille technique » surgissant au hasard des ordinateurs. Aucune revendication de pirates n'était venue éclairer ce dysfonctionnement qui s'aggravait jour après jour, touchant un nombre croissant d'internautes avec les mêmes caractéristiques : l'apparition, dans leur courrier électronique, d'anciens messages précédemment détruits. Ils avaient beau, comme Simon lui-même, appuyer quotidiennement sur « effacer », « vider la corbeille… », les courriels supprimés revenaient le lendemain, comme si les contenus numériques refusaient de mourir.

À 11 heures, son assistante fit entrer Pascal Zhang, un trentenaire asiatique aux cheveux noirs mi-longs. Affublé d'un blue-jean, il avait cru bon de mettre une cravate ; mais elle était mal nouée, soulignant cette allure d'éternel adolescent propre aux *nerds* scotchés à leurs ordinateurs. Le rapporteur de la CLP lui serra la main, le fit asseoir dans un fauteuil, puis il servit le café tout en remerciant l'expert d'être venu l'éclairer sur cette affaire qui intéressait au plus haut point la Commission :

— J'ai lu quantités de choses contradictoires. Alors ma question est simple : comment des vieux courriers, qu'on a pris soin de détruire, peuvent-ils réapparaître ?

Il redoutait une réponse trop technique. Les propos de Pascal Zhang eurent le mérite de la clarté :

— Vous savez, sur le Web, rien ne disparaît jamais complètement.

— Pourtant, quand un utilisateur décide d'effacer certaines données, son ordinateur lui demande de confirmer cette opération, comme si elle était irrémédiable.

— Eh bien, cela lui donne l'*illusion* d'avoir détruit ses données... qui, pourtant, flottent toujours quelque part dans le *cloud* !

Ce mot anglais, signifiant « nuage », revenait souvent dans les revues spécialisées. Mais Simon voulait une explication précise :

— C'est-à-dire ?

— Le cloud est cette espèce de mémoire flottante, dispersée d'un disque dur à l'autre, où se retrouve la totalité des informations.

Pressé de passer sur ces généralités, le rapporteur s'intéressa davantage à la suite :

— Par exemple, quand vous détruisez un courrier envoyé depuis votre ordinateur, vous n'y avez plus accès... Sauf qu'il a déjà traversé plusieurs fois la planète ; si bien qu'il en reste des traces sur chaque relais, chez votre fournisseur d'accès, et aussi chez votre serveur.

Les détails s'organisaient comme dans un jeu de construction :

— Serveur qui ne s'est pas gêné pour prélever des informations confidentielles dans le but, par exemple, de vous envoyer des publicités ciblées...

— Oui, ça, je connais. Mais restons-en, s'il vous plaît, à mon courrier.

54

— Eh bien, il y a plus encore : toutes ces données existent également du côté du destinataire, qui a reçu votre e-mail, par le biais de son propre serveur et de son fournisseur d'accès. Cette démultiplication des informations forme une espèce de « nuage » quasiment indestructible.

Voyant l'image se préciser, Simon devint songeur :

— On pourrait donc imaginer que les résurgences de courrier soient l'effet d'un dérèglement de votre nuage...

— Je n'y crois guère, mais on peut l'imaginer.

Le silence retomba. Simon pensait maintenant à ses escapades sur Internet. Soudain il demanda, comme si de rien n'était :

— Et supposons, par exemple, qu'un individu consulte un site plus ou moins louche...

— Un site de cul ! précisa Pascal sur un ton narquois.

Simon plongea le nez dans ses papiers, tout en poursuivant, faussement détaché :

— Oui, par exemple... Imaginez que cet utilisateur se protège en utilisant des VPN (il était fier de connaître cette technique enseignée par son fils) ; et qu'il fasse ensuite le grand ménage sur son ordinateur...

Il le faisait lui-même lorsqu'il détruisait les photos de Natacha et ses journaux de téléchargement. La réponse de Pascal fut sans appel :

— Eh bien, malgré toutes ces précautions, vos actions demeureront présentes sur le réseau, et même dans votre ordinateur.

— Sauf si je formate mon disque dur ! s'écria Simon.

— Même si vous le formatez, un spécialiste peut tout retrouver. Il faudrait le casser avec un marteau. Et, de toute façon, vos informations flotteront encore dans le cloud.

Simon écarquillait les yeux :

— Vous êtes en train de me dire que n'importe quelle information confidentielle peut éventuellement resurgir des années après !

— Oui, c'est exactement ce que je dis.

Simon, sonné, regarda Pascal Zhang dans les yeux ; puis il prononça, comme un enseignement lentement assimilé :

— En somme, tout ce qu'on fait sur un ordinateur — donc une énorme partie de notre vie — est enregistré *pour l'éternité.*

Chacun sembla reprendre sa respiration. Puis le défenseur des libertés publiques murmura, tel Candide découvrant la réalité :

— Il serait donc possible qu'un État, une entreprise puissante, ou un groupe de pirates recueillent ces données et les utilisent selon leurs intérêts. Il suffirait d'ouvrir le dossier de monsieur X, d'y choisir une information gênante (après tout, nul n'est irréprochable !), puis de la rendre publique.

— En théorie c'est possible !

Simon ajouta, d'une voix sinistre :

— On pourrait même imaginer que certains sites louches ne soient que des pièges, conçus pour pousser le citoyen à la transgression. En fixant une ligne rouge facile à franchir, notre société déploie ses filets et accumule des preuves qui serviront le moment venu...

— Là, ça frise la théorie du complot ! répliqua l'informaticien.

Simon en profita pour absorber une nouvelle gorgée de café. Puis, comme s'il revenait à son propos :

— Mais alors, plus précisément, comment expliquer ces résurgences d'e-mails, un peu partout, depuis quinze jours ?

L'expert de la police se lança sans hésiter :

— D'abord, les statistiques prouvent qu'elles ne concernent que 10 % des internautes. Pourquoi ces personnes-là plutôt que d'autres ? Mystère et boule de gomme.

Simon trembla en songeant qu'il avait pu être choisi *personnellement* pour des raisons liées, par exemple, à ses activités professionnelles. Mais il s'efforça de contenir son trouble, tandis que l'expert poursuivait :

— En fait, deux hypothèses sont privilégiées. Soit une attaque de pirates non revendiquée : des petits malins qui veulent semer la panique sur le Web ; ou, plus pervers encore : une boîte d'antivirus qui casserait la machine, avant d'apporter des solutions… payantes, bien entendu !

— Et vous y croyez ?

— C'est le plus plausible, mais on ne peut exclure complètement l'autre hypothèse : celle d'un dérèglement du réseau qui nous dépasse.

— Et… que faire ?

À cette question, Pascal Zhang opposa l'assurance du type confiant dans la technique, sûr de pouvoir résoudre chaque énigme par une solution.

— Les messageries vont rapidement trouver un système défensif. Il contournera le problème en renvoyant tous les messages importuns dans la corbeille.

— Sans les détruire pour autant ! soupira Simon.

Quelques instants plus tard, il raccompagnait son interlocuteur au bout du couloir, avant de regagner son bureau, encore étourdi par cette évidence : tout ce qui était passé une seule fois sur Internet pouvait resurgir à n'importe quel moment. Contrairement à la confession catholique qui remet à zéro le compteur de nos péchés, la foi dans l'effacement des données n'était qu'une illusion. Et, comme il ne souhaitait pas voir ses égarements fichés pour l'éternité, Simon devait montrer la plus grande prudence dans l'utilisation de son ordinateur, ses échanges de courrier ou ses consultations érotiques.

Comme pour bien marquer cette résolution, il s'assit devant la machine avec un air de défi, cliqua sur le logo de son navigateur et tapa l'adresse du site *poupéesrusses.xxx*. Sur la page d'ouverture, une demi-douzaine de blondes apparurent aussitôt, parmi lesquelles il reconnut Natacha. Mais Simon prononça à mi-voix en refermant la page :

— Dire que j'ai gâché des heures de ma vie pour des pauvres filles dans ton genre !

① browser

disk dur

5

Dîner de famille

L'inquiétude rejaillit un peu plus tard, dans la BMW. Simon rentrait chez lui en écoutant les informations. Plusieurs femmes politiques s'étaient déjà ralliées au manifeste anti-pornographie et pressaient le gouvernement de leur emboîter le pas. Le patron de la CLP s'imagina soudain livré en pâture à l'opinion, après la découverte de ses égarements depuis l'ordinateur du bureau. Sa conversation de l'après-midi ne laissait aucun doute sur cette possibilité. Coincé dans sa voiture au fond d'un tunnel, il discernait avec effroi les risques qu'il avait pris en surfant à qui mieux mieux.

Dans un élan contraire, il songea que la masse d'informations disponibles sur Internet était trop immense. Il faudrait des armées chinoises pour y voir clair dans ce puits sans fond. Il ne risquait en théorie pas grand-chose. Au cours de la soirée, son anxiété ne fit pourtant qu'empirer. Plus Simon s'efforçait de chasser cette idée, plus elle s'ingéniait à le rattraper. De retour chez lui, il s'était senti plus léger. Entrant dans la cuisine, il avait embrassé Anna dans le cou, puis s'était servi un verre de vin blanc avant d'allumer une chaîne d'informations. Soudain, à la télévision, un journaliste était revenu sur la pétition.

À cet instant, une nouvelle peur avait envahi Simon : jamais il n'aurait dû accepter cette invitation à la radio, le lendemain. Quand la journaliste de City Channel l'avait appelé, tout à l'heure, pour le féliciter de son éditorial, il s'était senti flatté et avait accepté sans réfléchir... Sauf que cette émission allait l'obliger à d'impossibles circonvolutions : d'un côté critiquer la pétition comme il venait de le faire publiquement ; de l'autre épargner les féministes pour ne pas attirer leurs flèches ! Si celles-ci découvraient que le rapporteur consultait des sites érotiques, c'en serait fini de sa belle carrière. Pis encore : son point de vue officiel semblerait dicté par la défense de ses propres vices, ce qui le placerait dans une position particulièrement humiliante.

À 8 heures, il s'attabla entre Tristan et Anna. Dans son assiette une salade de soja, artistiquement présentée, semblait vouloir dissimuler sa faible teneur en calories. Désireux d'oublier son idée fixe, Simon adressa un sourire à son épouse, belle et triste à quarante ans passés, qui lui imposait ce régime en même temps que le sien. Tout allait pour le mieux, dans la plus banale des familles... où un scandale pouvait exploser quand les photos allaient ressortir, accompagnées d'infamantes accusations !

Après avoir avalé un verre de jus de pomme, il porta vers sa bouche une fourchette de soja, tandis que son fils découpait un hamburger bien gras, tartiné de sauce cocktail. La vision de ce plat appétissant — réservé à l'adolescent — provoqua chez Simon un regard envieux ; puis le tumulte intérieur se ranima. Car il ne suffirait pas que les mauvaises habitudes de Simon sur Internet se voient jetées à la face du monde. La menace prendrait un tour bien plus grave s'il s'avérait que certaines des créatures dont il téléchargeait les photographies étaient... mineures !

Comment avait-il pu, dans un moment d'excitation, se fier à des sites basés en Ukraine ou en Albanie, jurant que chaque modèle avait dix-huit ans révolus ? Ses justifications de client trompé ne feraient que l'enfoncer davantage et souligner l'incompatibilité de telles pratiques avec ses fonctions à la tête d'un comité d'éthique. Il mériterait un traitement exemplaire : la démission, et peut-être la prison. Tout cela parce que, certains jours mornes, succombant à un irrépressible désir, il avait nerveusement consulté ces pages où chaque image en appelait une autre ; tout cela pour avoir succombé, comme tant d'autres, aux charmes de quelques nymphettes mises en ligne pour exciter les hommes vieillissants.

Simon sentit un peu de sueur sur son visage. Baissant la tête, il avala une dernière bouchée, prit sa serviette, tamponna ses lèvres et se retourna vers Anna :

— C'est délicieux... et sain !

Depuis quand son épouse s'était-elle convertie à la diététique ? Depuis quand fréquentait-elle les salles de gymnastique et les séminaires de méditation ? Depuis quand était-elle devenue cette femme un peu sèche, si différente de celle qu'il avait aimée : jeune artiste enthousiaste, prête à tous les excès, lors des nuits qui suivaient les vernissages dans des restaurants enfumés. Une autre réalité les avait rattrapés après la naissance de Tristan. Tandis que leur fils grandissait, les ambitions d'Anna s'étaient étiolées. Délaissant son atelier, elle s'était mise en quête de remèdes, de formules, de potions magiques censées ralentir le vieillissement. Elle s'attachait davantage à la réussite sociale de Simon, comme s'il s'agissait désormais de leur affaire à tous les deux. Qu'allait-elle penser en découvrant qu'il perdait son temps devant des photos de jeunes filles nues ? Qu'allait-elle penser en découvrant que Natacha lui ressemblait étrangement, en plus jeune et plus vulgaire ? Devant un tel spectacle, Anna pourrait bien douter pour la première fois de « son homme » et découvrir simplement « un homme », dans ce que ce terme avait de désobligeant.

Tristan, auprès d'eux, terminait de mâcher son morceau de viande juteuse. Quatorze ans, les cheveux teints en noir et le visage recouvert de poudre blanche, il semblait rechercher, ces derniers mois, l'apparence qui pourrait le mieux irriter ses parents. Son T-shirt de rock métal était vulgaire à souhait, tout comme ses nombreux bracelets et ses doigts bagués dans le style gothique. Cultivant la provocation avec un soin de midinette, il se rendait chez le coiffeur deux fois par semaine pour remettre ses mèches en désordre. Le reste du temps, ses jeux vidéo coupaient tout contact avec le monde extérieur. « Question de génération », songeait Simon qui évitait de lui faire la morale, pourvu que son rejeton s'en tienne aux règles : présence à table, assiduité au collège. Parfois, dans un sursaut de responsabilité, il tentait d'amorcer un dialogue, espérant que Tristan n'allait pas seulement répondre par quelques grognements. Pour échapper à ses idées fixes, il se risqua une nouvelle fois :

— Quoi de neuf à John Lennon ?

C'était le nom du lycée.

Tristan se contenta d'un borborygme tout en replongeant le nez dans sa salade arrosée de crème. Soudain, contre toute attente, il releva son visage poudré, comme si un détail pouvait intéresser son père :

— Cette semaine, on commence les « ateliers sociaux ». Une prof est venue les présenter ce matin.

— Ah oui ! Explique-nous, s'exclamèrent d'une même voix Simon et Anna.

Content de son effet, Tristan cessa de marmonner pour retrouver l'élan d'un jeune homme responsable :

— C'est un peu... comment dire... un travail de flics ! Des « flics de la bonne cause », comme elle dit.

L'expression blessa les oreilles de Simon. À l'âge de Tristan, en pleine fureur gauchiste, il voyait les flics comme des salauds. Plus tard, il avait admis que toute société a besoin de police. Il n'en restait pas moins éberlué par cette assurance avec laquelle Tristan, sous son déguisement de rebelle gothique, parlait de « flic de la bonne cause » :

— C'est simple. On doit rédiger, avec tous les élèves de troisième, un manifeste pour la liberté d'expression sur Internet. Et, en même temps, on doit définir ensemble les limites de cette liberté !

— Pas de liberté pour les ennemis de la liberté ! répliqua le père, en fin connaisseur.

Il tenait à éveiller la vigilance de Tristan :

— Attention, quand même, à ce genre de formule !

Où finit la liberté ? Où commence la censure ? Je te passerai quelques bouquins sur la question…

Le fils grogna de nouveau, comme chaque fois qu'il entendait le mot « bouquin » ; puis il ingurgita une gorgée de Coca et reprit la parole avec l'autorité de la jeunesse :

— Nous, on s'est mis d'accord sur les limitations.

Le regard d'Anna trahissait l'admiration béate des mères, tandis qu'il énumérait :

— D'abord, le racisme, le sexisme, le terrorisme, l'injure aux religions…

Simon ne put retenir une expression moqueuse. Lui qui avait tant ferraillé contre les religions comprenait mal cette indulgence. Les croyances archaïques ne s'étaient jamais si bien portées, et le quinquagénaire se laissait regagner par la nostalgie, quand Tristan le ramena à la réalité :

— Et, bien entendu, les sites nazis et pédophiles !

Comme il avait dit ça ! Et avec quelle candeur ! Quelle assurance pour énoncer des lieux communs ! Dans le monde où Tristan avait grandi, le mal se résumait à deux faces hideuses : le *nazi* et le *pédophile*. Deux figures embusquées depuis la nuit des temps pour répandre sur terre le sang et la perversion. Ce genre de simplifications horrifiait Simon. Mais en outre, à cet instant, il se sentait personnellement visé. Suspendu à la dernière phrase de son fils, il se voyait rejoindre les monstres « pédophiles » dénoncés par les élèves du lycée Lennon. Il suffirait que certaines photos de Natacha, qui avait peut-être seulement dix-sept ans et demi, soient repérées par les services spécialisés. Et ce n'était pas tout : Tristan avait gardé le clou de sa nouvelle activité scolaire, qu'il exposa triomphalement tout en ingurgitant une dernière bouchée de steak et de fromage :

— On nous a aussi demandé de vérifier si nos ordinateurs, et ceux de nos proches, étaient équipés de systèmes de filtrage qui les empêchent d'accéder à des sites dangereux. D'ailleurs, je vais vérifier le tien et celui du bureau.

À ces mots, Simon éprouva une colère intérieure. Non seulement l'école transformait son fils en inquisiteur, mais elle le poussait à contrôler les ordinateurs de ses parents !

— Vous n'allez quand même pas faire une chose pareille. C'est de l'espionnage, c'est dégueulasse...

La réponse tomba de la bouche d'Anna :

— Et la pédophilie, c'est pas dégueulasse ?

Encouragé par sa mère, l'adolescent insista :

— Et le nazisme, c'est pas dégueulasse ?

Simon ne put contenir davantage son exaspération :

— Mais qu'est-ce que tu me chantes avec ton nazisme ? Tu en connais beaucoup de nazis ? Hitler, c'était dans les années trente. Bien d'autres choses nous menacent aujourd'hui.

Son fils le scruta quelques instants, incrédule. Puis il sembla entrevoir un terrain d'entente :

— En tout cas, papa, tu dois protéger tes ordinateurs. Tu ne t'imagines pas le nombre de virus et de saloperies qui menacent la confidentialité.

Il avait dit « papa » sur un ton enfantin, et Simon hocha la tête. Voici deux minutes, Tristan voulait se transformer en policier du Web. En réalité, comme tous les garçons de son âge, il bidouillait sa machine à la recherche de la *confidentialité* : noble mot qui permet d'enfreindre la loi, de télécharger des centaines d'heures de films et de musiques gratuites, ou de surfer sur des sites louches. Mieux encore : Tristan possédait certainement les connaissances qui manquaient à son père pour naviguer anonymement. En quelques clics, le collégien saurait verrouiller sa machine et la rendre impénétrable.

Après dîner, Tristan fila dans sa chambre tandis que les deux époux regardaient un film de Woody Allen ; puis Anna partit se coucher à son tour et Simon fila vers son ordinateur pour suivre les derniers développements de l'affaire. Selon une information qui venait de tomber, le parti de la Gauche démocratique s'était prononcé contre la pétition anti-pornographie, jugée « incompatible avec le principe de confidentialité ». Soulagé de voir son point de vue gagner du terrain, le rapporteur rejoignit sa femme qui dormait déjà et demeura près d'elle, les yeux ouverts, à regarder la lune qui se reflétait sur les grands arbres de la rue.

prendre racine

6

Une belle émission

Daisy se dirigea vers le recoin aménagé près des ascenseurs où elle recevait, chaque jour, les invités de son émission *Controverses*, à 18 heures sur City Channel.

Quand les travaux de rénovation s'étaient achevés, deux mois plus tôt, un ennuyeux détail était apparu. Les architectes d'intérieur avaient oublié de prévoir un salon, voire un simple canapé, pour les hommes politiques, les artistes, les sportifs qui se succédaient dans les émissions. Pendant quelques jours, on avait vu d'illustres personnages *attendre* poireauter à l'entrée de la salle de rédaction, avant de se diriger vers le « bocal » (on appelait ainsi le studio de direct, entièrement transparent). C'est pourquoi la direction, sur l'insistance des journalistes, avait fini par aménager ce petit carré, protégé par un placard, pour y disposer trois fauteuils et une table basse.

De tels soucis pratiques apparaissaient toujours *in fine*. Pendant toute la phase préparatoire du chantier, le staff de communicants s'était contenté de marteler sa formule : « des studios ouverts sur la ville » — étrange slogan qui laissait Daisy perplexe. À son avis, l'activité radiophonique exigeait plutôt du calme, une forme d'isolement pour fabriquer des émissions de qualité. Or la direction du groupe se grisait de l'idée contraire : « Une radio au cœur du mouvement urbain… » C'est tout juste si elle n'ajoutait pas : « Dans la frénésie des rumeurs et des informations non vérifiées. »

Derrière cette propagande se masquaient évidemment d'autres enjeux. Pour mettre en œuvre l'« ouverture sur la ville », on avait commencé par détruire les bureaux individuels et transformer tout l'étage en *open space*. Magie du mot anglais : il donnait une impression de progrès, d'étendue, de liberté… En vertu de quoi, on avait entassé dans cette salle tous les salariés autrefois répartis sur deux niveaux. Chacun se voyait reclus dans son alvéole sous les yeux de ses collègues. Seuls les patrons bénéficiaient encore de bureaux vitrés, protégés des indiscrétions par des volets coulissants. De ces transformations découlait une forme de surveillance de chacun par ses voisins — qui interdisait les gaspillages de temps en activités privées, jeux vidéo, coups de téléphone. La surface par salarié était passée en dessous de la norme administrative de dix mètres carrés — décision présentée aux actionnaires comme « courageuse » dans un contexte économique difficile. Du moins la rédaction se trouvait-elle effectivement « ouverte sur la ville », puisque les baies vitrées de cet immense local dominaient les toits du quartier. Malheureusement, ces ouvertures demeuraient closes, du fait de la climatisation et des normes de sécurité. Dans les anciens locaux « fermés à la ville » on pouvait encore ouvrir les fenêtres. Désormais, il fallait se résoudre à respirer un air confiné.

Daisy se rappelait le temps, pas si lointain, où travailler comme journaliste dans un grand média constituait une activité enviable. Elle se remémorait les séances d'enregistrement et de montage où se retrouvaient journalistes, attachés de production, preneurs de son... Tous ces métiers avaient changé avec le passage au numérique et ses possibilités nouvelles. Résultat : désormais, la plupart des journalistes procédaient *eux-mêmes* à l'enregistrement des interviews en réglant tant bien que mal les niveaux ; puis ils effectuaient *eux-mêmes* le montage devant leur écran, casque sur les oreilles — seule façon de retrouver l'isolement dans cette ruche bourdonnante. Finis les conciliabules improvisés entre collègues, la lecture calme et attentive des journaux. Chacun, pressé, angoissé, accomplissait *lui-même*, sur son ordinateur, les mille tâches qu'assuraient autrefois les secrétariats : courrier, rendez-vous, relances. Chacun se débrouillait seul au milieu des autres, avant de se déplacer, jusqu'à la machine à café, ultime endroit de détente pour les forçats en chemises blanches.

Dans ce contexte, la jeune femme mesurait son privilège. Elle faisait partie des rares journalistes qui disposaient encore d'une équipe pour préparer leurs émissions. De plus, son rendez-vous hebdomadaire, *Controverses*, était entièrement filmé. Le groupe CityCom obtenait ainsi, pour le même coût, une émission de radio sur City Channel, et des images diffusées sur la chaîne numérique City.net. Membre de la *business class* radiophonique, l'intervieweuse n'en devait pas moins accueillir *elle-même* ses invités (tâche autrefois dévolue à une assistante), et traverser en leur compagnie cet open space pour les conduire jusqu'au bocal.

Pour l'heure, ses deux clients du jour papotaient sur la banquette. L'homme, un élégant trentenaire sorti d'une école d'administration, était Boris Marteen, président de

Simplement Gays. Près de lui se tenait Adama Lolo, une grande métisse au visage d'enfant timide, porte-parole de « Nous, en tant que femmes ! ». Quand Daisy apparut, ils se levèrent pour la saluer, puis la suivirent dans le dédale de cellules, d'écrans plats et de têtes casquées.

— Vous êtes bien installés ! s'exclama Boris.

Le pire était là. Tout le monde trouvait ce décor plaisant, sans voir qu'il s'agissait d'exécrables conditions de travail. Ne voulant pas refroidir ces dispositions favorables, Daisy se contenta de répondre :

— Oui, c'est notre nouvel open space. En tout cas, merci d'avoir bien voulu participer à cette émission.

S'en tenir aux banalités. Ne pas entrer dans le vif du sujet, de crainte de déflorer la discussion. Précédant ses invités dans le studio de Plexiglas, elle leur indiqua leurs places, devant le micro jaune et le micro rouge. Puis, se reprenant soudain :

— Mais, dites-moi, je suppose que vous vous connaissez déjà : Adama Lolo, Boris Marteen…

Les deux invités échangèrent des sourires complices. De fait, leurs combats respectifs — la cause des femmes, la cause des gays — les plaçaient souvent sur un terrain d'entente face à l'ordre dominant du mâle-blanc-hétéro.

Après avoir reçu le feu vert du technicien, Daisy lança d'un signe le générique de *Controverses*, puis elle commença à parler sur le fond sonore :

— Cet après-midi, place à la polémique, avec le manifeste du mouvement « Nous, en tant que femmes ! » qui réclame la pénalisation des consommateurs de pornographie sur Internet. Adama Lolo expliquera le sens de cette pétition qui fait couler beaucoup d'encre. Boris Marteen, président de Simplement Gays, donnera le point de vue de la communauté homo sur cette affaire. On les retrouve juste après la pub.

Le rouge du micro s'éteignit, tandis qu'une voix invitait à rejoindre le jeu en ligne *Maxi-Foot*. Daisy regretta d'avoir mentionné, dans son élan, « le point de vue de la communauté homo ». Après tout, Boris Marteen n'était qu'*un gay* parmi d'autres. Elle rectifierait le tir au cours du débat.

Après le flash publicitaire, elle reprit le micro et rappela le contenu de cette pétition, condamnée par certains pour son caractère « liberticide ». Adama Lolo répondit d'une voix onctueuse. Elle semblait tellement timide sous sa peau caramel, tellement vulnérable derrière ses yeux de biche, qu'on aurait presque oublié la sévérité du propos :

— Je suis, bien sûr, pour le respect de la loi et de la liberté individuelle ; mais je suis aussi contre toutes les formes de tyrannie, à commencer par l'ordre du mâle, tellement omniprésent qu'on finirait par l'oublier. Alors, effectivement, je ne souhaite pas qu'on laisse circuler des photos qui montrent des femmes traitées comme des chiennes et de simples objets de plaisir — le plaisir des hommes, entendons-nous. Je suis contre l'exploitation de filles pauvres par des mafias de la pornographie, et je pense que ceux qui consultent ces photos, pour se distraire, sont complices et coupables.

Sur le même ton paisible, la journaliste osa une contradiction :

— Quand même, Adama Lolo, croyez-vous qu'on

71

puisse éradiquer la pornographie ? Ne joue-t-elle pas un rôle de soupape face à une certaine frustration sexuelle ?

Adama haussa le ton :

— Je vous en prie, pas cet argument ! Il me rappelle ceux qui affirmaient que la prostitution existait comme un « mal nécessaire », avant cet immense progrès qu'a représenté la pénalisation des clients !

— Une autre question soulevée par vos adversaires : à partir de quel degré une image, une vidéo, donne-t-elle une image dégradante de la femme, et peut-elle être considérée comme délictueuse ? On sait bien que la sexualité est un domaine complexe, mystérieux, incluant des attitudes parfois inconvenantes, au moins en apparence...

Adama Lolo eut un rire d'étonnement avant de rétorquer :

— Écoutez : quand je vois certaines photos, certains actes — excusez-moi d'être crue, mais je parle de sperme sur le visage, de « double pénétration » comme ils disent fièrement, et de femmes tenues en laisse... Eh bien, je me dis que ces messieurs ont des choses bizarres dans la tête. Et cela me gêne.

Elle avait abandonné son sourire pour une expression boudeuse, tandis que Daisy relançait :

— Vous dites « ces messieurs » comme si les hommes seuls étaient concernés.

— Je n'affirme rien. Je constate que, selon une étude, ce sont les hommes, à 90 %, qui consomment ce genre d'images et qui ont, apparemment, de gros problèmes avec les femmes.

— La majorité de la classe politique, et même certaines

féministes s'accordent toutefois pour refuser l'exploitation des données privées des internautes.

— Eh bien, «Nous, en tant que femmes!», nous pensons qu'il serait plus efficace de criminaliser ces images, afin de reconstruire les rapports entre les sexes et les genres sur des bases plus saines.

Le président de Simplement Gays s'agitait pour attirer l'attention. Daisy se tourna vers lui :

— Partagez-vous ce point de vue, Boris Marteen ?

Le militant se lança avec les circonvolutions d'usage :

— D'abord, je tiens à dire que, pour nous, toute forme de sexisme, de machisme, de violence envers les femmes est simplement in-ad-mis-sible !

Ses yeux avaient la pureté d'une eau claire. Ni trop viril, ni trop efféminé, il aurait fait un gendre idéal après ses études de droit ; mais il s'était reconnu dans les combats d'une nouvelle génération homosexuelle, à la fois intégrée et vigilante. Son raisonnement tenait en quelques points :

— Ça ne me dérange pas non plus qu'on mette au grand jour certains secrets ; ni qu'on soit impitoyable chaque fois que des mineurs sont en question. C'est pourquoi j'ai signé la pétition !

Il voulait cependant en venir à autre chose :

— D'un autre point de vue — et là, je ne rejoins pas complètement mon amie Adama — méfions-nous de nos sentiments devant certaines images qui n'ont rien de répréhensible si les actes se déroulent entre adultes consentants.

La militante féministe ne put contenir son élan :

— Avouez quand même que... mettre des femmes en laisse !

— *Sauf si la femme est adulte et consentante !* répliqua fermement Boris.

— Je ne connais pas de femmes qui rêvent de choses pareilles, rétorqua Adama Lolo. Sauf pour satisfaire les fantasmes masculins !

Le militant gay laissa un silence avant de concéder :

— Je ne me permettrais pas de parler au nom des femmes. Mais imaginez un autre cas de figure comme les gays SM — sado-masos, si vous préférez. Ils aiment les relations violentes, dans une certaine mise en scène. Réduit à quelques images, cela peut choquer. Mais ces actes se déroulent *entre adultes consentants*; et je vous assure que ce sont des gens respectables.

Ses yeux bleus rayonnaient. Boris semblait épanoui dans son rôle de jeune gay moderne attaché à ses droits. Daisy, elle, ne pouvait s'empêcher de trouver bizarre cette présentation du plaisir sado-maso comme une pratique « respectable » sur une grande chaîne de radio. Adama, de son côté, préféra ironiser :

— Si ce sont des fantasmes d'hommes, alors je préfère effectivement qu'ils fassent cela entre eux !

Une demi-heure de débat, entrecoupée par une chanson et d'autres pages de publicité, permit d'aboutir à une forme de consensus. Boris Marteen se déclara en accord avec la pénalisation du Net pour ce qui concernait la protection des mineurs, mais aussi l'exploitation des prostitués. Adama voulait aller beaucoup plus loin.

Tout en raccompagnant ses invités vers la sortie, Daisy se sentait intérieurement satisfaite. Loin d'être monotone, ce débat avait égratigné l'union sacrée des féministes et des gays. Pendant quelques instants, on avait pu sentir le désaccord entre une conception masculine de la sexualité, et un projet féminin de strict contrôle de la libido au nom du respect mutuel. Restait à compléter cette discussion par un point de vue éthique un peu plus distancié. C'est pourquoi elle avait programmé, dans l'émission du lendemain, un entretien avec le rapporteur de la Commission des Libertés publiques, qui avait émis certaines réserves sur la légalité du projet. Ne pouvant venir en direct, celui-ci devait enregistrer son intervention aujourd'hui même.

Daisy reconnut dans le coin salon cet homme dont elle avait lu le dossier de presse : Simon Laroche. Plutôt chic et dégingandé, il se dressa avec chaleur, précisant qu'il écoutait souvent la journaliste en voiture. Il appréciait son sens de la nuance et du paradoxe ; c'est pourquoi il avait accepté l'invitation. Suivant Daisy à travers l'open space, il ne put toutefois retenir une exclamation inquiète :

— Ça ne doit pas être drôle de travailler là-dedans, sous les yeux de tout le monde !

Un soupir laissa entendre que la journaliste pensait la même chose ; puis ils entrèrent dans le bocal, s'assirent à leurs places et commencèrent à parler à bâtons rompus. Tout autour d'eux, derrière la paroi vitrée, les journalistes travaillaient, se déplaçaient, s'agitaient. Selon Daisy, ils ne prêtaient aucune attention aux émissions, ce qui déconcentrait parfois les invités. Simon leva les yeux au ciel et la jeune femme, en confiance, lui résuma le duel de Boris Marteen et Adama Lolo — l'un prônant la respectabilité sado-maso, l'autre exigeant une justice sommaire pour livrer en pâture les fantasmes de chacun. Simon sourit ; puis dans une sortie un peu théâtrale, sentant que cette journaliste pouvait comprendre une exagération, il s'exclama :

— La cause des femmes ! La cause des gays ! J'en ai marre de ces agités qui s'excitent pour des combats déjà gagnés.

— Quoique… dans certains pays, ce soit encore des causes difficiles ! répliqua la journaliste.

— Effectivement, admit Simon, il vaudrait mieux se battre pour les femmes et les gays d'Arabie saoudite !

Il reprit toutefois le fil de sa pensée :

— Avouez que c'est curieux. Tout le monde proclame sa sympathie. L'égalité est acquise… Mais ça ne suffit jamais. Il faut se battre encore, sur tel point de détail qu'on avait oublié. Ce n'est plus un combat pour la justice, c'est une stratégie de pouvoir.

— C'est la raison de vivre des associations ! observa Daisy.

Soudain Simon jeta un œil inquiet vers l'appareil suspendu au mur. Un objectif pointait.

— C'est une caméra ?

— Oui, on filme les interviews pour les mettre sur Internet. Mais, rassurez-vous, ça n'a pas commencé.

À ces mots, Simon rajusta sa cravate et se concentra. L'émission fut rythmée, vivante. L'invité eut le sentiment de s'exprimer clairement, selon le principe de modération qu'il s'était fixé. Il réaffirma son attachement au droit des femmes et à leur dignité, mais aussi la règle d'or de protection de la vie privée. L'importance prise par

Internet dans la vie quotidienne rendait inacceptable le détournement des données personnelles *à quelque fin que ce soit*; même s'il importait de lutter contre les sites illégaux. Il admit que le recours à la pornographie n'était pas des plus recommandables, mais se dit rassuré qu'une majorité de responsables politiques aient préféré, sur ce dossier, s'en tenir à la distinction entre vie publique et vie privée.

Après l'interview, la conversation se prolongea. Daisy et Simon se comprenaient spontanément. Un élan de sympathie les poussait l'un vers l'autre. Satisfait de s'être acquitté de sa tâche, le rapporteur de la CLP remercia la journaliste et prit son numéro; puis il quitta, plein d'optimisme, l'immeuble de CityCom.

7

La gaffe

Les fourchettes piquaient dans les assiettes avec un vilain petit bruit. Les couteaux frottaient l'émail et semblaient exprimer, par leurs grincements, les griefs de chaque membre de la famille envers les autres. Reproches de l'épouse qui en voulait à son mari de s'être absurdement exposé, au point de devenir le salaud du jour ; reproches du fils qui déplorait la maladresse de son père, incapable de maîtriser le monde de la communication ; reproches du père qui observait ce festival d'égoïsme, mais qui s'en voulait surtout d'avoir éclaté en vol.

— Tu aurais quand même dû faire attention !

Cela faisait quatre fois qu'Anna Laroche répétait cette phrase. Simon sentait qu'elle se retenait, mais sa colère se résumait dans cette formule lancinante. Et comme, pour la quatrième fois, il ne réagissait pas, elle osa une remarque plus virulente :

— Si j'étais méchante, tu sais ce que je leur dirais ? Que c'est vraiment ce que tu penses. Que tu as toujours ricané sur la cause des femmes.

— D'accord, concéda l'époux dans un soupir ; j'ai

peut-être déconné ; mais au moins, j'ai dit ce que je pensais.

Anna haussa les épaules, tandis qu'il insistait :

— D'ailleurs, mes ricanements ne te réussissent pas mal. Tu peux faire ce que tu veux, comme tu veux, quand tu veux. Je te fous la paix…

Elle lui renvoya un regard furieux :

— C'est bien le problème. On dirait que tu parles à une femme entretenue, une cocotte des années trente. Comme dans ces vieux films que tu adores !

Puis elle soupira :

— Franchement, quand je vois tout ça, je regrette de ne pas m'être consacrée davantage à ma carrière. *J'aurais dû m'occuper un peu plus de moi !*

Vient toujours ce moment où l'épouse regrette de ne pas s'être davantage occupée d'elle-même. Dans la situation où ils se trouvaient, la franchise n'était plus très loin de la méchanceté. Vue de l'extérieur, la façade tenait encore. Aux amis qui téléphonaient, consternés, Anna martelait sa confiance : cette affaire était une méprise ; la presse avait déformé les propos de Simon qui allait publier une mise au point. Tristan, de son côté, s'était vu d'abord auréolé par le « buzz » paternel. Chez les adolescents, la célébrité était une valeur en soi, et certains camarades l'avaient félicité d'être le fils d'un *people*. Il lui avait fallu quelques heures pour entrevoir le danger qui, soudain, menaçait son statut confortable d'enfant des beaux quartiers. La tension grandissait, quand Anna reprit sur un ton plus chaleureux :

— En tout cas, mon chéri, je t'en conjure. Fais la nécessaire mise au point.

— Vas-y, deviens une star ! ajouta Tristan, comme si la vie était un film d'action, où son père allait recouvrer le rôle invincible qu'il lui prêtait dans son enfance.

Le scénario, pourtant, n'avait rien de glorieux. Sa principale qualité tenait dans son caractère inattendu, car Simon n'avait pas vu le missile qui lui fonçait dessus. Exclusivement tourmenté par la révélation de ses escapades érotiques sur Internet, il avait d'ailleurs cru ce moment terrible arrivé, l'avant-veille, quand son assistante était entrée dans son bureau, le visage décomposé :

— Monsieur Laroche, vous devriez faire un tour sur Google-actualités. Je suis inquiète pour vous.

Disposé au pire, il avait imaginé divers scénarios : une opération policière visant les sites illégaux et leurs utilisateurs ; la désignation de *poupéesrusses.xxx* parmi ces plates-formes diffusant des photos de mineures ; son nom affiché en tête de la liste, parce qu'il bénéficiait d'une certaine notoriété. Il avait même préparé quelques arguments, invoquant « une période de fatigue et de dépression ». Prêt pour la bataille, Simon avait alors fermé les yeux, repris sa respiration, puis tapé son nom dans la barre de recherche. Avec effroi, il avait constaté que celui-ci suscitait une avalanche d'articles. Puis il avait froncé les sourcils, surpris par l'intitulé du premier :

« Le rapporteur de la CLP en a marre des femmes et des gays. »

Que signifiait cette phrase ? Sur la page figuraient plusieurs liens vidéo, et Simon avait reconnu son visage dans le bocal de City Channel. Soudain, il s'était rappelé cette conversation privée avec la journaliste, juste avant l'enregistrement...

— Elle n'aurait quand même pas osé !

Il avait alors lancé la première vidéo et s'était vu détendu, rieur, en train de prononcer :

— *La cause des femmes ! La cause des gays ! J'en ai marre de ces agités qui s'excitent pour des combats déjà gagnés...*

— Saloperie ! avait-il murmuré.

Puis il s'était raisonné. Un mot d'humeur avait-il tant d'importance, quand toute son action publique démontrait qu'il n'avait jamais négligé la cause des femmes ou des gays ? Supposant qu'il s'agissait d'un feu de paille, il avait écouté une seconde fois cette phrase qui, dans la bouche du patron de la CLP, pouvait certes paraître déplacée... Sauf qu'elle était prononcée hors interview sur le ton de la boutade. Puis il s'était rappelé dix exemples contraires prouvant que le contexte ne changeait rien à l'affaire. Dans ce monde où, partout, une caméra, un téléphone, étaient là pour vous piéger, nul ne distinguait les propos tenus « dans l'interview » ou « hors interview ». Aucune place ne subsistait pour ces considérations. Combien d'hommes politiques s'étaient-ils laissé piéger avant de devoir s'excuser sans fin ?

Simon se sentait d'autant plus furieux qu'il avait enregistré une très bonne émission... passée inaperçue au profit de ce vague extrait *off the record*. Revenant au sommaire, il avait cliqué sur un extrait plus long où Daisy Bruno lui donnait la réplique :

— *Quoique... dans certains pays, ce soit encore des causes difficiles !*

Elle se donnait le beau rôle ! Pis encore, un saut d'image indiquait que la suite était coupée. Simon, pourtant, se rappelait lui avoir donné raison ; mais on le retrouvait seulement dans sa réplique suivante :

— *Avouez que c'est curieux. Tout le monde proclame sa sympathie. L'égalité est acquise... Mais ça ne suffit jamais. Il faut se battre encore, sur tel point de détail qu'on avait oublié. Ce n'est plus un combat pour la justice, c'est une stratégie de pouvoir.*

Dans les « commentaires » qui suivaient, une internaute, choquée par le mot « détail », rappelait la gravité des violences faites aux femmes. Elle s'indignait de voir un « notable » leur opposer son aveuglement confinant au « négationnisme ». Depuis quelques heures, l'enregistrement se répandait à la vitesse de l'éclair. Aucun site ne diffusait l'interview officielle dans laquelle Simon rappelait son attachement à la dignité des femmes, mais certains titres simplifiaient encore la citation piégée : « J'en ai marre des femmes et des gays ! » Les commentaires s'ajoutaient aux commentaires, tel un déversement de haine, de rancœur, de frustrations, dont le principe était d'enfoncer la victime désignée à la vindicte. Dans l'exercice de ses fonctions, Simon s'était souvent élevé contre cette dérive. Il n'avait pas imaginé que le torrent de boue pût se déverser sur lui.

Cachés derrière leurs pseudonymes, beaucoup donnaient dans le ton vengeur (« Un tel salaud doit être suspendu de ses fonctions officielles »), voire dans l'émotion (« Ces propos me sont insupportables, ce machisme-là doit absolument cesser »). Quelques femmes en profitaient pour s'exprimer sur les relations entre les sexes : « Ce type pense avec ses *couilles*. La bite, c'est du passé. » Sur plusieurs sites gays, Simon se voyait dénoncé comme un partisan de l'étoile rose. Plusieurs voix s'alarmaient de son inconscience : « Si M. Laroche juge le combat des homosexuels périmés, qu'il aille voir dans les banlieues. » Et un peu plus loin : « Voilà comment les idées de l'extrême droite s'insinuent peu à peu dans les cercles du pouvoir. Laroche, démission ! »

Après un moment d'hébétude, le rapporteur avait composé le numéro de Daisy Bruno qui avait décroché à la deuxième sonnerie. Puis il s'était lancé :

— Ici Simon Laroche. Je tiens à vous dire que ce que vous avez fait est dégueulasse. Quand je pense que j'avais de la sympathie pour vous !

Daisy, pourtant, semblait ébranlée :

— Je ne vous ai pas trompé, croyez-moi, car je suis abasourdie, moi aussi, par cette horreur.

— C'est facile de vous excuser maintenant que la cabale est lancée. Vous imaginez les conséquences ?

— Oui, je suis vraiment scandalisée. J'en ai aussitôt parlé à la direction de la chaîne qui affirme n'être au courant de rien. Ce serait un technicien ou quelqu'un de la station qui aurait diffusé cet enregistrement.

Il y eut un silence, puis Simon éclata :

— Mais enfin, bon Dieu, pourquoi ces caméras tournaient-elles avant l'interview ?

— Croyez-moi ou non, monsieur Laroche, je ne le savais pas. Je viens d'ailleurs de le déclarer sur Twitter. Je suis prête à le répéter publiquement et je pense que vous devriez porter plainte.

Ces protestations ne changeaient rien, de toute façon. Une heure plus tard, la conseillère du secrétaire d'État avait téléphoné à son tour :

— Comment t'as pu être aussi con ? s'était-elle exclamée. Il faut que tu réagisses très vite !

Elle inaugurait la longue série de réactions amicales qui, tout en déplorant les ennuis de Simon, allaient en profiter pour mettre en cause sa candeur. Désireuse de « calmer le jeu », Ingrid souhaitait lui éviter d'aller jusqu'à la « démission ». Elle n'en avait pas moins prononcé ce mot. Selon elle, des « forces incontrôlables » étaient déchaînées.

Après ce coup de téléphone, le rapporteur s'était donc appliqué à rédiger l'indispensable mise au point. Griffonnant des pages de brouillon, il avait commencé par rappeler le ton léger de cette conversation, nullement destinée à la diffusion. Sa « formule malheureuse » n'était qu'une « exagération »… Soudain, il avait reposé son stylo en songeant que pareilles justifications seraient inutiles. Aux yeux de l'opinion publique, il avait insulté les femmes et les gays, réduits à des bataillons d'« agités ». Sa réponse devait passer par des excuses en bonne et due forme.

Le premier soir, Anna avait pris l'affaire en souriant. Habituée à voir son mari contourner les épreuves, elle le croyait plus rusé qu'il n'était. Le lendemain matin, quelques appels embarrassés de bonnes amies lui avaient révélé la gravité de la situation, tandis que les appels à la démission se multipliaient. Une évidence lui était alors apparue : elle avait mal agi en laissant Simon déraper. Elle aurait dû le mettre en garde contre ses mauvais penchants, comme ses plaisanteries cyniques envers les bonnes causes.

Simon, de son côté, avait commencé à compter : combien d'indemnités pourrait-il toucher s'il était licencié pour faute grave ? Quasiment rien ! Combien le chômage et les assurances lui accorderaient-ils ? Pas grand-chose ! Combien de temps avant de retrouver un emploi ? Ce ne serait pas facile après un tel scandale. Or il lui fallait travailler dix ans pour finir de payer son appartement. À moins de vendre la maison de campagne… Depuis qu'il avait entrepris son ascension professionnelle, il redoutait secrètement cette dégringolade. Son château de cartes semblait sur le point de s'effondrer.

— Tu aurais quand même pu faire attention…, entonna Anna pour la cinquième fois de la journée.

C'en était trop. Simon regarda sa femme, puis décocha la flèche qu'il lui réservait depuis le début du repas :

— Tu as raison, ma chérie. J'ai déconné. Mais, à vrai dire, je ne supporte pas non plus l'idée de m'humilier publiquement pour des propos dérisoires. C'est pourquoi je préfère présenter ma démission…

— Quoi ?

L'exclamation avait fusé de la bouche d'Anna. Simon reprit sans se troubler :

— Oui, au lieu de m'accrocher à mon poste, je vais faire preuve de dignité ; affirmer qu'il est intolérable d'entendre déformer mes propos ; déplorer que le secrétaire d'État ne me soutienne pas publiquement, etc, etc.

— Tu ne peux pas faire ça ! s'écria Anna.

— Ah oui, et pourquoi ne pourrais-je pas ?

— Parce que c'est de l'égoïsme ! lança son épouse.

Et aussitôt, pour préciser sa pensée :

— Tu soulages ta conscience, mais tu négliges ta famille !

— C'est vrai, papa ! renchérit Tristan. Imagine ce qu'on va dire, au lycée.

— À propos d'égoïsme, conclut Simon en se levant de table, il me semble bien partagé. Dans cette affaire, c'est chacun pour soi : Anna pour son style de vie, Tristan pour ses copains. Sauf que, d'une certaine façon, en faisant le salaud, je vous rends service. On vous regardera comme mes victimes et chacun vous plaindra !

Simon recommença à manger, sans un mot. Quelques instants plus tard, Tristan grimpa dans sa chambre, visiblement chamboulé. Anna reprit la parole d'une voix presque douce. Elle regrettait d'avoir exagéré et gardait une totale confiance en son mari ; mais elle lui recommandait de ne pas mettre sa carrière en péril au moment où tout pouvait encore se calmer. Alors qu'elle croyait la crise terminée, Simon posa sa serviette et sortit en claquant la porte.

8

Red et Darius

— Interdire le porno ! T'as entendu ça, Darius ?

— Oui, Red, j'ai entendu. Et j'en ai marre de ces conneries !

Adossés au mur de la sandwicherie « Honolulu », les deux garçons écoutaient la musique de leur radio-CD. Sur le bâtiment, quelques tags aux couleurs vives prêtaient à la contrée une allure de ghetto californien. Face à eux, l'horizon se résumait à la cité des « Falaises de l'Ouest », un paquet de tours poétiquement rebaptisé par le conseil municipal qui voulait rendre aux habitants leur fierté. Partout ailleurs s'étendait un damier de bicoques à un étage et de jardinets entourés de murs, surveillés par des chiens méchants. Ce carrefour, où les deux amis avaient l'habitude de se retrouver, était le seul lieu animé à des kilomètres à la ronde, avec son atelier de carrosserie, sa pharmacie et cette sandwicherie taguée qui vendait des « grecs » pleins de frites trop grasses. Du moins offrait-elle un point de ralliement aux jeunes des environs pour meubler leur oisiveté.

Dans cet océan de banalité, Red et Darius faisaient figure d'originaux. La famille du premier habitait un de ces pavillons avec carrés de pelouse appartenant à la classe moyenne inférieure — catégorie désormais enviée en comparaison des habitants de mobil-homes qui proliféraient en périphérie de la banlieue. Comme l'indiquait son sobriquet, Red avait les cheveux roux tombant en boucles autour du visage. Victime des sucreries depuis le plus jeune âge, il ne cherchait plus à dissimuler un ventre trop rond pour ses dix-sept ans. Son pantalon s'effondrait sur ses chevilles ; mais sa personnalité s'exprimait surtout dans le choix des T-shirts, toujours ornés d'une illustration provocante qui pouvait aller des fleurs de cannabis aux inscriptions du genre : « Je ne suis pas gay, mais mon copain, oui ! »

À la vue de ces mots, plusieurs filles de l'école avaient supposé (elles le soupçonnaient déjà) qu'il était le petit copain de Darius, son meilleur ami. Aussitôt, elles avaient entouré Red d'affection, tandis qu'il rétorquait :

— Mais arrêtez, les filles, je suis pas pédé, je vous assure. C'est juste pour déconner. En réalité, j'arrête pas de mater des nanas à poil sur mon PC.

Elles avaient aussitôt poussé des cris d'orfraie.

Quant à son copain Darius, grand brun au torse athlétiquement découpé, l'air sceptique et rêveur face au monde qui l'entourait, il était l'aîné d'une famille irakienne émigrée après l'invasion américaine. Habitant la cité, il se passionnait pour l'Histoire et passait pour un élève doué… Sauf que, depuis l'âge de quatorze ans, les deux amis pensaient davantage à plaisanter qu'à obtenir de bonnes notes, à faire du mauvais esprit qu'à étudier leurs cours, à briller au club théâtre plutôt qu'en mathématiques. Négligeant leurs devoirs d'économie sur les différentes conceptions du marché, ils reportaient leur énergie dans la composition de chansons et avaient inventé le genre « Unirap » qui devait leur procurer gloire et fortune. Ce style qui, pour l'heure, n'avait pas dépassé leurs chambres s'appuyait sur une langue universelle : succession de mots incompréhensibles qui parodiaient, phonétiquement, le flot d'injures auquel se résume souvent la poésie des rappeurs.

— Mais qu'est-ce qu'on va faire ? reprit l'Irakien, appuyé sur son mur.

— Mais putain, qu'est-ce qu'on va faire ? renchérit Red.

Ils aimaient ces dialogues désabusés à l'issue desquels, généralement, ils finissaient par trouver une idée stupide qui occuperait la fin de leur samedi après-midi — comme de réclamer l'ouverture d'une charcuterie halal (« oui, c'est idiot ! avait concédé Red au micro d'une radio locale, mais mon pote Darius me voit manger du porc ; ça lui fait envie et je cherche à l'aider »). Plus récemment, ils avaient distribué dans la cité un tract réclamant des indemnités chômage pour les dealers et les rabatteurs, après plusieurs descentes de police. Ces blagues de potaches auraient pu leur attirer de sérieux ennuis dans une faune qui manquait d'humour. Ils s'en sortaient toujours par l'esquive et avaient acquis leur statut de « bouffons », en marge des principales tribus du quartier : les Blacks, les Arabes, les autochtones, les trafiquants, les religieux des diverses obédiences qui, presque tous, portaient des prénoms anglo-saxons, et regardaient les mêmes séries américaines.

Les filles, toutefois, agaçaient spécialement Red et Darius qui observaient avec dédain leurs excitations d'adolescentes, cet attachement à des détails futiles comme les marques de vêtements ou les coupes de cheveux, qui les conduisaient à idéaliser les garçons les plus bêtes. D'un côté, elles cherchaient à les aguicher comme de vraies petites femelles. De l'autre, elles apprenaient à se regarder comme des victimes subissant le joug des hommes depuis la nuit des temps. Au cours d'un débat scolaire, on les voyait soudain adopter des discours véhéments sur l'inégalité, « les mecs qui ont tous les droits, et nous aucun ». Ce qui était vrai, sans doute, dans certaines familles... mais n'empêchait pas la plupart des mecs, jeunes ou vieux, de se comporter devant les filles comme des enfants soumis.

Tout cela les énervait ; plus encore cet après-midi, en découvrant à la radio cette pétition du mouvement « Nous, en tant que femmes ! » appelant à condamner les utilisateurs de porno sur Internet.

— Ça devient compliqué, soupira Red. Elles font tellement peur aux gars qu'ils préfèrent mater des vidéos... Et maintenant, elles veulent emprisonner les amateurs de photos de cul !

— Avoue que le porno, c'est pas vraiment la classe ! soupira Darius.

— Tu crois que les actrices sont contraintes ?

Le jeune Irakien énonça ses arguments d'ami du sexe faible :

— Même lorsqu'elles se croient libres, elles sont asservies depuis l'enfance. Il est temps d'en finir, Red. Il faut mettre tous les hommes sous surveillance.

— Quelle connerie ! soupira Red. Les mollahs veulent

voiler les femmes. Les féministes veulent punir les hommes…

— Mais n'oublie pas toutes les autres femmes, celles qui rêvent encore secrètement de nous ; celles qui ne commencent pas leurs phrases par « Nous, en tant que femmes… »

— T'as remarqué ? On n'entend jamais dire : « Nous, en tant qu'hommes, on pense comme ci », « nous, en tant qu'hommes, on aime comme ça… »

— Ça passerait pour du machisme !

— Eh ben, mon Darius, l'avenir n'est pas drôle. On va devenir adultes, on va chercher une épouse en nous faisant tout petits, sauf pour dire timidement : « Moi, en tant qu'ami des femmes… »

Après un morne silence, Darius demanda :

— T'as une cigarette ?

— Je vais faire une roulée. Mais je pense à quelque chose…

— Vas-y, Red, te prive pas.

— Imagine qu'on lance un mouvement qui s'appellerait « Nous, en tant qu'hommes ! ».

L'idée fit sourire Darius qui enchaîna en rigolant :

— Par exemple, lorsqu'elles proclament : « Nous, en tant que femmes, on veut éradiquer la pornographie », tu rétorquerais : « Moi, en tant qu'homme, j'adore les images de nanas à poil — ce qui ne m'empêche pas de respecter ma mère et ma sœur. »

— On parlerait au nom de tous ces types qui redoutent de se faire piéger dans leurs pauvres désirs.

— Ouais, c'est ça, on clamerait : « Vous êtes des hommes, soyez fiers, n'ayez pas honte ! »

Une voiture venait de s'arrêter devant le Honolulu. Une femme en burqa, jeune d'allure et chaussée de tennis Nike, s'engouffra dans la boutique. Red osa encore :

— Celle-là, par exemple, *en tant qu'homme*, je la préférerais toute nue !

— Sois pas vulgaire, Red. Moi, je lui offrirais un joli foulard de style.

Le jour déclinait. À l'horizon, les « Falaises de l'Ouest » baignaient dans une lumière chaude et rougeoyante qui les rendait presque belles. Le samedi soir allait commencer avec ses bagarres, son agitation de voitures et de gens ivres — et puis tout retomberait, comme chaque semaine. À moins qu'on ne parvienne enfin à changer quelque chose.

9

Un nazi ordinaire

— *Shame on you ! Shame on you !*

Entonné en anglais, le cri de guerre résonnait à l'entrée du Palais national. Rassemblées de part et d'autre du porche, une douzaine de femmes dressaient le poing et martelaient leur slogan. Il fallut toutefois quelques secondes à Simon, dans sa voiture, pour comprendre que ces cris furieux s'adressaient à lui. Comme chaque matin, il venait de tourner pour franchir l'entrée solennelle et accéder à la cour pavée. Il écoutait le concerto de Grieg au volant de sa BMW lorsqu'il vit plusieurs visages haineux se pencher sur le pare-brise, puis entendit une salve de coups de poing s'abattre sur le capot.

Le cauchemar continuait, mais il fallait tenir bon. Fort heureusement, ces furies n'entravaient pas l'accès au bâtiment officiel. Contenues par les molosses du service de sécurité, quelques-unes crachèrent sur le véhicule qui passa enfin sous la voûte et rejoignit sa place habituelle. Quand Simon coupa le moteur, il entendit encore l'écho derrière lui :

— *Shame on you !* Honte à toi ! *Shame on you ! Shame on you !*

93

Épouvanté, le rapporteur de la CLP demeura un instant à l'intérieur pour reprendre ses esprits. Tenir bon ! ne pas se laisser intimider ! Pourtant, après avoir ouvert la portière, il leva la main gauche pour cacher son visage, comme ces suspects qui descendent du fourgon cellulaire ; puis il se précipita vers le hall. En quelques jours, il avait changé de catégorie sociale. Son cheminement vers une forme de prospérité venait de s'interrompre et il se transformait en animal traqué.

Parvenu à l'étage de la Commission, Simon salua son assistante avec embarras. Il aurait préféré qu'elle ne voie rien ; mais elle avait suivi l'épisode par la fenêtre et l'assura de sa sympathie. Il la remercia, mais le fait de devenir un objet de pitié lui parut désastreux. Puis il s'enferma dans son bureau sans un regard pour ses vieux livres et regarda les dossiers qui l'attendaient. La veille, il avait perdu sa journée à lire toutes les saletés le concernant. Rien ne pouvait l'empêcher de compulser, avec une ardeur masochiste, chacune des horreurs proférées contre lui : protestations, insultes, pétitions exigeant sa destitution. Aujourd'hui, cependant, il désirait se consacrer à son travail. Après avoir jeté un œil à son courrier, il signa quelques lettres dans un parapheur. Mais cinq minutes plus tard, irrésistiblement, il tourna de nouveau la tête vers son écran et tapa son nom dans le moteur de recherche, en espérant que l'attaque avait amorcé son déclin.

Peine perdue. La liste des offenses commençait par une interview d'Adama Lolo, l'animatrice de « Nous, en tant que femmes ! » visiblement surprise que « M. Laroche » — comme elle disait avec une fausse déférence —

«occupe encore ses fonctions près d'une semaine après avoir prononcé une déclaration sexiste, lui dont le rôle est d'accompagner le combat pour l'égalité». Pis encore, elle s'adressait au secrétaire d'État pour qu'il agisse promptement. Simon ferma les yeux, accablé : il savait combien la classe politique s'honore d'ignorer les pressions ; mais il ne connaissait aucun ministre capable de résister à celle qui s'autoproclamait «représentante des femmes bafouées».

Quant au groupe féministe qui l'avait piégé sous le porche du Palais (et qui demain, peut-être, l'attendrait devant son domicile), il appliquait la stratégie de guérilla prônée par le collectif des «Nettoyeuses». Leur profession de foi tenait en quelques mots : «Nous n'acceptons plus de voir les femmes bafouées, battues, violées, exploitées…» Autant de maux qui, selon elles, s'aggravaient continuellement malgré les lois sur le harcèlement sexuel, les numéros d'urgence, les comités de vigilance sur le viol au sein des couples, la mise en place de la parité dans tous les domaines. Tout cela n'était rien ; c'est pourquoi les actions des Nettoyeuses s'organisaient chaque fois qu'une voix masculine égarée prononçait des mots criminels, telles ces «insultes du haut fonctionnaire Simon Laroche». La suite du programme était clairement fixée : «Nous avons décidé de contre-attaquer, par petits groupes, chaque fois que nous nous sentirons menacées. Nous désignerons publiquement les coupables dont la justice ne s'occupe pas, et nous les harcèlerons : "Honte à vous ! *Shame on you !*" Trop de femmes sont mortes sous vos coups. L'heure est venue de se battre. Nous ne vous lâcherons plus !»

Cliquant à nouveau, Simon découvrit une photo de lui prise à la dérobée, sur laquelle il grimaçait atrocement. On aurait dit Adolf Eichmann lors de son procès — ce qui semblait répondre à la plume du commentateur le décrivant comme un « nazi ordinaire » préparant le « retour de l'ordre moral ». Cette fois, c'en était trop et il détourna le regard. Un mois plus tôt, ses élans narcissiques le poussaient à la recherche d'éloges sur Internet. Aujourd'hui il avait acquis son statut de « célébrité »… comme bouc émissaire. L'attaque ne faiblissait pas et ne laissait qu'une seule issue : présenter ses excuses. Il ouvrit son tiroir, sortit une feuille blanche et un stylo à plume — ce vieux Dupont qu'il réservait au courrier personnel ; puis il commença à rédiger d'une écriture bien déliée : « Des propos tronqués, saisis *hors antenne* avant une émission de radio, ont pu laisser penser que je méprisais la cause des femmes et des gays… »

Il s'arrêta un instant. À coup sûr, la justification avancée (« propos tronqués ») lui serait reprochée comme un déni. Il fallait y aller plus franchement. Penché sur sa feuille, il barra les premières lignes et reprit : « Je présente mes excuses à toutes les femmes, à tous les gays qui ont pu se sentir blessés par mes propos inadmissibles, prononcés dans un moment d'humeur qui me pousse à m'interroger sur moi-même… »

C'était mieux ! Il fallait s'humilier, faire son autocritique, comme en Chine populaire… quand bien même cela se passait dans le monde libéral. Vaguement satisfait, Simon reposa sa plume, puis il songea que cela même ne suffirait pas. Un pareil enchaînement était sans fin : une fois ses excuses obtenues, on exigerait à nouveau sa démission. Et alors, peut-être, un de ses fidèles collaborateurs dénicherait dans son disque dur les traces des consultations érotiques menées depuis le bureau… ce qui conduirait l'État à lui réclamer des dommages et intérêts !

Mieux valait rester fier, et même arrogant. Saisissant une nouvelle feuille blanche, Simon commença à écrire avec jubilation : « Moi, responsable de la CLP, j'ai consulté des sites pornographiques exhibant des jeunes femmes. Certaines étaient peut-être mineures, je n'en sais rien et cela m'arrange. Il m'arrive aussi, en plaisantant, de tenir des propos racistes ou sexistes pour blaguer sur mon époque. Et autant le préciser : je ne tire aucune honte de tout cela. »

Arrivé à cette phrase, il s'arrêta. Jamais il n'aurait le courage de s'exprimer ainsi ; mais il ne supportait plus l'idée d'apparaître comme une *victime* piégée par ses propres actes. Ses réflexions tournoyaient quand une vibration fit trembler la poche droite de son veston, indiquant l'arrivée de nouveaux messages. Machinalement, il sortit le smartphone et consulta l'écran où il découvrit une nouvelle résurgence de courriels. Le mystérieux phénomène s'était pourtant interrompu depuis quelques jours ; mais Simon éprouva une surprise plus vive en constatant que ces vieux messages, détruits depuis belle lurette, semblaient cette fois revenus *pour lui remonter le moral.*

Au début de la liste, un échange de courrier datait d'une ancienne affaire traitée par la CLP. Le rapporteur s'y montrait particulièrement sensible à l'égalité des sexes dans un litige opposant une femme à son employeur. Simon, dans la tourmente, n'avait pas même songé à exhiber ces anciennes marques de vertu. Or le cloud venait de les retrouver pour lui. La force mystérieuse qui ressuscitait les courriels jouait cette fois de son côté. Dans un élan d'euphorie, il appela Ingrid sur son numéro privé. La conseillère du secrétaire d'État décrocha :

— Allô, Simon ?

— Il faut que je te parle. Je ne te dérange pas ?

— Non, ça va ; mais je suis inquiète. On a encore reçu trois demandes officielles pour ta démission. J'ai peur que le secrétaire d'État finisse par te lâcher.

Il y eut un silence. L'étau se resserrait.

— Écoute, s'emballa Simon, je viens de retrouver une chose formidable : plusieurs documents de travail rappellent que j'ai toujours soutenu la cause des femmes. Si tu pouvais utiliser tes relations pour les faire passer dans la presse.

— Je veux bien, concéda Ingrid. Mais la presse ne fait pas toujours ce qu'on souhaite. Pour l'instant, tu es dans le collimateur, et tout ce qu'ils cherchent, ce sont des trucs pour t'enfoncer.

Simon voulait pourtant rester combatif :

— Je te les envoie par e-mail. Tu devrais au moins les montrer au secrétaire d'État.

Ayant raccroché, il se leva de son bureau et passa devant le miroir. Il n'était pas mal pour un homme de cinquante ans. Son regard franc le rendait sympathique — à condition de choisir les bonnes photos. Car, bizarrement, ce même visage pouvait passer, en un clin d'œil, pour celui d'un pervers, d'un menteur, d'un salaud, et de

l'abjection personnifiée. Il était temps d'imposer la première vision.

Une demi-heure plus tard, passant en voiture sous le
porche du Palais, Simon salua d'un geste la poignée de
Nettoyeuses qui avaient relayé celles du matin et criaient
en chœur « *Shame on you !* ». Elles tapèrent du poing sur la
carrosserie, mais il se contenta d'un sourire et s'éloigna,
reprenant le concerto de Grieg à la mesure où il s'était
interrompu.

10

Le lac

Une semaine avait passé, mais le secrétaire d'État demeurait inaccessible, évitant de soutenir officiellement Simon, comme de répondre à ceux qui réclamaient sa tête. De leur côté, les Nettoyeuses faisaient toujours le siège du Palais national. Chaque sortie en ville devenait une épreuve, et le rapporteur décida de s'éloigner quelques jours à la montagne où il possédait une petite maison.

Mis en service au début de l'hiver, le train rapide à réservation obligatoire était complet. Se rabattant sur la compagnie aérienne low cost, Simon imprima sa carte d'embarquement, puis fit cinquante kilomètres au petit matin pour rejoindre un aéroport bon marché. Mais sa grande surprise fut de voyager debout, comme le « proposait » désormais *FreeFly.com* à sa clientèle sur les vols de moins d'une heure. Seuls les passagers qui en avaient fait la demande, assortie d'un supplément, disposaient d'un siège. Les autres devaient se contenter d'adossoirs. Attaché par sa ceinture en position verticale, Simon n'eut même pas le courage de protester ; et il ne haussa pas davantage le ton quand l'hôtesse de l'air lui réclama cinq euros pour utiliser les toilettes.

Après l'atterrissage, il se dirigea vers la station de taxis pour gagner son trou perdu, niché dans une vallée à vingt-cinq kilomètres. La vision des collines où le vert clair des feuillages printaniers se mêlait au vert sombre des sapins l'apaisa presque aussitôt. Puis le véhicule traversa des villages déserts, où quelques troupeaux de vaches somnolaient dans les prés. Bientôt, la route s'éleva vers le col, et enfin le taxi déboucha dans la vallée où Simon reconnut l'étendue brillante du lac. Il aperçut le vieux clocher au bulbe arrondi comme une boule de Noël et les demeures alignées au bord de l'eau ; puis il distingua sa propre maison : un chalet d'agrément bâti dans les années 1930, quand cette région était une villégiature recherchée pour son air sain.

Quelques instants plus tard, seul avec sa valise, devant la barrière de bois, il s'enchanta de retrouver la pente fleurie qui descendait vers le rivage. Un ruisseau filait à travers les herbes et l'air sentait bon la résine de sapin. Saisi par cette harmonie sensuelle, le professionnel des Libertés publiques se rappela la question existentielle qui envahit l'urbain au contact de la nature : au nom de quoi s'agitait-il, jour après jour ? À quoi bon gagner quelques galons dans la vie publique, quand il aurait pu vivre ici, paisiblement, avec sa femme et son fils ? La réponse tenait en deux points :

1) Sa femme et son fils n'avaient aucune envie de vivre ici.

2) Il n'avait pas fini de payer cette maison, ni son appartement, ni quantité de charges qui l'emprisonnaient pour des années encore.

Le bonheur, apparemment si simple, n'était donc

qu'une perspective lointaine et irréaliste — tel ce monde parfait de *La Petite Maison dans la prairie*, une série télévisée qu'il regardait parfois, avec des yeux de midinette, tant elle recouvrait ses rêves secrets d'intellectuel.

En outre, la montagne finirait par l'ennuyer. Ou peut-être pas. Il n'en savait rien. Jamais il n'avait eu le temps d'atteindre ce point de lassitude où il voudrait fuir la solitude pour regagner la ville. Mais il éprouva un nouveau frisson de plaisir après avoir fait tourner la clé dans la serrure en reconnaissant la bonne odeur des pommes ramassées à l'automne dernier. Quand il ouvrit les fenêtres et les volets qui donnaient sur le lac, la lumière du soir éclaira doucement les tableaux et les rayonnages pleins de livres. Ces trésors personnels rappelaient ceux de son bureau, en ville, mais ils semblaient faits, ici, pour se déguster lentement dans la profondeur des fauteuils et la chaleur du poêle en céramique. Voilà ce dont il rêvait, aujourd'hui, comme un privilège de l'ombre, après s'être trouvé sous les projecteurs pour des turpitudes qu'il n'avait pas commises. Il songea à Candide qui « cultivait son jardin ».

Sauf que pour accomplir ce rêve modeste, il fallait être rentier. Venu au monde sans argent, Simon s'était inventé une fausse condition de privilégié entretenu par l'État pour d'improbables missions. Vivant une sorte de liberté surveillée, il ne croyait guère à l'importance de cette « Commission » qu'il défendait bec et ongles devant ses financeurs et ses administrateurs. Mais il lui fallait, à présent, rendre des comptes comme un vulgaire employé et un vil tricheur.

Perdu dans ses rêveries, il prit le chemin du village où il aimait se rendre lorsqu'il arrivait. Il saluerait la fermière qui lui vendait des œufs et du lait, puis il boirait un verre de vin blanc au café-restaurant en se tenant au courant des ragots du canton. Le chemin ondulait d'une ferme à l'autre, montant et descendant par creux et par bosses. Il avait miraculeusement échappé aux plans de la direction de l'équipement pressée de « désenclaver » les communes — ce qui consistait, dans un premier temps, à supprimer les tournants, araser les irrégularités de la chaussée, adapter la route au flux des 4 x 4, des poids lourds et des véhicules de tourisme... Pour l'heure, cela restait une voie poétique où chaque maison surgissait comme un vieux personnage de pierre et de bois. Devant la « maison rose » (on appelait ainsi cette ferme, en raison des blocs de grès colorés qui encadraient ses portes et ses fenêtres), quelques poules prenaient leurs aises dans les trous de bitume où poussaient des fleurs. Elles ne risquaient rien, tant les rares véhicules devaient rouler lentement. Simon se sentait bien ; Simon se sentait loin, à mille lieues de l'autre monde, des Nettoyeuses et des courriers électroniques.

S'approchant encore de la ferme, il aperçut la vieille paysanne, dernière de la contrée, qui nourrissait ses canards auprès du point d'eau. Il dressa une main pour la saluer, prêt à échanger quelques mots, auxquels elle répondrait dans son sabir peu compréhensible — suffisamment toutefois pour les conversations limitées qu'on avait avec les paysans ! Pourtant, comme il criait « bonjour, Maria », la femme s'approcha de la route avec son sac de grain et le regarda, l'air fâché. Puis elle lui demanda :

— Qu'est-ce t'as après les femmes, toi ?

Simon, interloqué, n'était pas sûr d'avoir bien compris.

Mais Maria le fixait avec une expression de colère, puis elle insista :

— Tu critiques trop les femmes, toi. Le gamin, y m'a montré sur l'Internet !

Le rapporteur, un instant, fut tenté de s'expliquer. Mais ce retour de l'affaire, ici même, aux portes d'une étable, le laissait sans voix. Désemparé, il bredouilla, tandis que Maria répétait :

— Faut pas houspiller les femmes, comme ça !

Simon, comme un somnambule, reprit alors son chemin en sens inverse, renonçant à cette visite au village où, comme ailleurs, il lui faudrait s'excuser, se justifier et s'humilier.

III

Au bar du purgatoire

Après avoir confirmé que j'étais bien mort, et donc apte à la vie éternelle, l'interne m'a orienté vers la zone de transit. Sur ses indications, j'ai entré les quatre chiffres du code d'accès, puis la porte s'est ouverte et je me suis senti happé par l'activité d'une galerie marchande nettement moins déprimante que les salles d'attente et leurs guichets d'information. Sous une lumière artificielle, quantité de boutiques s'alignaient comme dans un terminal d'aéroport : commerces duty free, cafés-restaurants, marchands de journaux ; mais aussi points de connexion, toilettes et salons privés.

De tous côtés s'agitait une foule joyeuse, à l'image des touristes qui vont entamer un voyage sous les tropiques — sauf qu'ils n'avaient pas de valises et s'apprêtaient à embarquer pour le septième ciel. Dans quelques heures, les plus chanceux disposeraient de bungalow, de buffets à volonté, de boîtes de nuit pour égayer leurs soirées jusqu'à la fin des temps. Tout au long du couloir, des salons accueillaient les élus sous des bannières rutilantes : « Destination Paradis ». Quelques-uns brûlaient leurs dernières illusions en glanant dans les magasins des

cartouches de cigarettes, ultimes fétiches qui les ratta-
chaient à leurs habitudes terrestres. Mais, à l'entrée des
zones d'embarquement, des hôtesses les priaient aima-
blement d'abandonner leurs courses, en affirmant qu'ils
n'auraient besoin de rien et que, d'ailleurs, il était inter-
dit de fumer. Les plus tenaces protestaient, demandant la
permission d'emporter quelques cadeaux pour leurs
proches : leurs parents, leurs grands-parents, tous ces
amis disparus qu'ils allaient retrouver, dans quelques
heures, au festin de l'éternité. Leurs arguments s'avé-
raient inutiles.

À force de déambuler sans but, j'ai fini par découvrir
une autre aile du bâtiment, beaucoup moins confortable. Ici, la peinture n'était même pas terminée. Seuls
quelques comptoirs mobiles signalaient les points d'embarquement où des banquettes délabrées faisaient face
aux distributeurs automatiques de boissons. Les passagers orientés dans cette zone semblaient plus pauvres,
plus inquiets, moins habitués aux voyages. Quelques-uns
voulurent bien répondre à mes questions. On les avait
dirigés vers ce secteur après l'examen de leur dossier, en
les informant à demi-mot de leur destination : ils allaient
s'envoler vers les hébergements provisoires en attendant que des places se libèrent au paradis. Au-dessus de
chaque guichet, un panneau précisait la catégorie du
voyage : les élus *gold* conservant quelques chances d'accéder rapidement au salut éternel, tandis que les personnes classées en *premium* risquaient de patienter
pendant des millénaires. Celles-ci, du moins, avaient la
possibilité de conserver leurs achats, ultime faveur qu'on

leur accordait pour adoucir un séjour où chacun devrait apprendre à se débrouiller.

Quant à moi, pour l'heure, je n'appartenais à aucun de ces groupes. Faute de mieux, je passais d'une galerie à l'autre, avec une préférence pour l'aile luxueuse où s'impatientaient les élus de la catégorie *infinite*. Ce léger décalage ne me changeait guère. J'avais toujours aimé observer mes semblables et je me sentais facilement étranger aux situations, quand bien même je semblais y participer. J'avais traversé le monde en m'y intéressant, mais sans m'y fondre vraiment. Aujourd'hui encore, j'arpentais sans but cette sorte d'aérogare, parmi ces humains qui savaient où ils allaient, ou qui, du moins, voulaient s'en persuader.

Au bout d'un moment, je suis entré dans un café ouvert sur la galerie marchande : Le Grand Départ. L'enseigne lumineuse surplombait un décor kitsch de fausse brasserie 1900, et je me suis approché du bar en demandant un double scotch avec beaucoup de glace. Le barman m'a regardé en souriant, comme si je plaisantais, puis, devant mon regard perplexe, il a répondu :

— On ne boit pas d'alcool, ici !

Ne pas boire ! Ne pas fumer ! Toutes ces consignes bousculaient mon idée naïve du paradis. Moi qui me croyais encore au palais des délices ; celui où chacun agit comme il veut, sans entraves ! Moi qui m'étais imaginé que le vieil adage — « ta liberté s'arrête là où commence celle des autres » — n'aurait plus aucun sens au royaume de Dieu ! Moi qui supposais que le plaisir de chacun ne pouvait connaître, ici, la moindre restriction, je tombais soudain de haut : l'hygiénisme avait gagné les contrées célestes, comme s'il fallait protéger la santé des défunts et leur éviter un deuxième cancer, quand le premier les avait déjà emportés. C'était absurde. Malheureusement, comme je l'avais compris depuis mon arrivée, rien ne servait de discuter avec ce personnel buté. Je me contentai donc d'un Coca-Cola — boisson que j'exécrais mais qui semblait quasiment la seule disponible —, et d'un sandwich desséché sous son emballage en plastique, avant de gagner une place libre et de me poser un instant.

Le Grand Départ, avec ses tables ouvertes sur la galerie marchande, constituait un poste d'observation idéal. Devant moi, les voyageurs se succédaient par vagues. Ceux qui parlaient la même langue se regroupaient spontanément, chacun tentant de soutirer quelques informations avant d'effectuer le grand saut. Soudain, une vive agitation a gagné le couloir et j'ai vu surgir plusieurs vigiles costumés qui écartaient les passants, comme les forces de l'ordre avant le passage d'une personnalité. Quelques instants plus tard, tous les regards se sont tournés vers trois individus qui avançaient en bavardant, encerclés par une équipe de télévision. Une hôtesse blonde, à gauche, et un responsable empressé, à droite, encadraient celui vers lequel pointaient les objectifs. Quelques exclamations ont jailli de la foule, et j'ai cru reconnaître, derrière ses lunettes noires, la silhouette élégante de Bernard Pinot — patron d'une énorme multinationale resté plusieurs mois entre la vie et la mort, après son accident de voiture. Il venait d'arriver, lui aussi, mais semblait bénéficier d'un traitement VIP auquel je n'avais pas accès. De dépit, j'ai avalé une nouvelle gorgée de Coca tandis qu'une voix grognait :

— Eh oui, mon pote. Ici comme en bas, mieux vaut être people et blindé de thunes !

Tournant la tête, j'ai découvert, quelques tables plus loin, un clochard hirsute, vêtu d'un imperméable. Cet homme semblait rudement bien informé :

— Ne vous étonnez pas, je sais qui vous êtes. Ici, tout se sait rapidement ; surtout parmi ceux qui, comme nous, attendent leur décision.

Un reste de politesse terrestre m'a fait demander :

— À qui ai-je l'honneur, monsieur ?

— Je me présente, Helmut Meyer. J'attends depuis deux ans qu'ils tranchent sur mon cas.

Il a ajouté d'une voix confidentielle :

— Le Grand Saint Pierre est un obsédé de textes, de lois, de jurisprudence. Si bien que les avocats ne sont pas encore parvenus à un accord.

Puis il a conclu plus fort :

— Alors j'attends, comme vous.

J'aurais dû lui demander plus d'explications sur son propre cas. Pourtant, depuis mon arrivée, le sens des priorités s'étiolait, et je suis revenu à la question précédente :

— Dites-moi, ce type devant la caméra, n'était-ce pas Bernard Pinot ?

Helmut a pris un air blasé :

— Je m'en fous un peu… Ce qui est certain, c'est qu'il filait tout droit vers la lounge VIP.

— Ça ressemble vraiment beaucoup aux aéroports !

— Vous l'avez dit. Au salon privé, le personnel est trié sur le volet. Vous pouvez vous détendre, faire du sport ou un brin de toilette. Et même boire du whisky !

111

— Les salauds !

Ce juron m'avait échappé. Il a fait sourire Helmut. Son regard de vieux sage négligé me mettait en confiance, et j'ai encore demandé :

— Il existe donc des privilèges, ici comme en bas ?

— Qu'est-ce que tu crois, mon petit bonhomme ? Qu'on va tout mélanger dans une grande marmite de bonheur ? Non, le ciel est une entreprise comme les autres. Et, vu le manque de place, l'administration préfère entretenir une certaine émulation. Chaque mort doit aspirer à changer de catégorie, à franchir les échelons ; et chacun doit faire ses preuves pour y parvenir. C'est du moins le discours officiel.

Cette notion de *mérite* correspondait, en un sens, à l'idée que je m'étais toujours faite du paradis. Sauf que dans le cas de Bernard Pinot, je me demandais de quoi on parlait. Ne s'était-il pas enrichi en laissant sur le carreau des dizaines de milliers de salariés ? N'était-il pas l'agent d'un système financier qui dépouillait les citoyens de leurs droits et de leurs biens pour les mettre au service d'une poignée d'actionnaires ? Je m'emballais dans un discours archéo-marxiste, quand Helmut a haussé les épaules sous son imperméable. Il connaissait ces indignations et s'amusait de la naïveté d'un « bleu » qui avait beaucoup à apprendre. Pour toute réponse, il m'a expliqué :

— Eh bien, au risque de vous surprendre, voilà un homme qui a fait exactement ce qu'on attendait de lui.

— À la City, sans doute !

— Mais aussi à la Céleste City.

La suite m'a éberlué :

— En fait, la doctrine du ciel n'est pas figée. C'est vrai qu'ils ont eu des penchants égalitaristes. Mais tout a changé avec l'arrivée de Friedrich Hayek, Milton Friedman, Ronald Reagan, et quantité d'apôtres de la déréglementation qui ont commencé à faire leur propagande ici même.

— Vous voulez dire qu'aujourd'hui...

— Je veux dire qu'aujourd'hui, sous leur influence, le ciel est devenu carrément néo-libéral.

Autant dire sans espoir pour un type comme moi. Le paradis ne valait pas mieux que la terre. Le seul monde meilleur se trouvait dans mes illusions et l'analyse d'Helmut était sans appel :

— Vous vous demandiez pourquoi la planète courait à sa perte ? Le capitalisme effréné vous faisait l'impression d'un gaspillage absurde, contraire au bien-être de l'humanité ? Vous refusiez de croire à la théorie du complot ? Eh bien, vous aviez raison et tort ! Car, certes, il n'y a pas de complot terrestre ; mais les forces célestes inspirent les actions humaines en s'appuyant sur des personnages comme Bernard Pinot et ses semblables.

Le silence est retombé. Tout se tenait : cette ambiance d'aéroport qui avait recouvert le monde, avec ses zones commerciales, ses mesures de sécurité, ses aires touristiques et ses lounges VIP — cet idéal se prolongeait ici même. La terre n'était qu'un double du ciel et le ciel un double de la terre, impression confirmée jusqu'au moindre détail :

— Et les espaces d'hébergement provisoire : de quoi croyez-vous qu'il s'agit ?

Mis au parfum par mon avocat, j'ai répondu :

— Eh bien : des camps de réfugiés, en attendant que des places se libèrent au paradis.

Il a baissé les paupières sous son front ridé et poussé un profond soupir. Puis il m'a dévisagé tristement, sans rien dire, tandis que des images terribles m'envahissaient l'esprit. J'ai revu Terezín, Drancy, les trains de la mort, et me suis exclamé dans une indignation :

— Vous ne voulez quand même pas dire que…

— Je ne veux rien dire du tout. Oubliez vos fantasmes. Simplement, soyez pragmatique et vous comprendrez que ces fameux camps ne sont qu'une forme de « délocalisation » du paradis. Pour prendre une image simple : depuis que le paradis cinq étoiles est complet, on a ouvert des centres d'accueil à quatre, trois, deux, voire une seule étoile, rebaptisés « espaces d'hébergement » en laissant croire au client que c'est provisoire.

— Alors qu'on y case pour l'éternité ceux qui vivaient déjà dans des conditions précaires !

— C'est cela : « heureux les pauvres, car ils retrouveront leurs habitudes au Royaume des Cieux : la mauvaise nourriture, les files d'attente… » Ainsi, les comptes sortent du rouge. Je ne dirai pas qu'ils approchent l'équilibre ; mais, enfin, ils cessent de se creuser.

À cet instant seulement, je l'ai interrogé sur lui-même :

— Mais vous, monsieur, que faites-vous ici ? Et pourquoi votre cas est-il si difficile à régler ?

— En vérité, j'étais militant communiste, complice de crimes atroces ; mais j'ai cru agir pour le bien de l'humanité. Le genre de cas que déteste le Grand Saint Pierre.

J'aurais bien prolongé cette conversation ; mais Helmut Meyer, justement, devait filer à la réunion d'autocritique des anciens du parti. Il s'est levé et je lui ai dit que j'espérais le revoir. Puis, sur ses conseils, je me suis dirigé vers l'espace vidéo où m'attendaient, à son avis, des informations intéressantes.

Au bout du couloir D, je suis entré dans cette zone d'une cinquantaine de mètres carrés, protégée par des panneaux transparents. À l'intérieur se dressaient des terminaux d'ordinateurs sur lesquels des individus pianotaient, casque sur les oreilles. Choisissant un poste libre, j'ai coiffé les écouteurs en me demandant si l'accès au réseau était payant. Je me suis alors avisé que, depuis mon arrivée, on ne m'avait pas une seule fois demandé de l'argent. L'économie céleste, malgré ses ressemblances avec le capitalisme terrestre, suivait d'autres modalités. De fait, lorsque j'ai activé l'écran, la seule demande qui s'est affichée consistait à entrer mon numéro d'identification : ce matricule qu'on m'avait attribué dès mon arrivée dans les limbes.

Quand j'ai tapé le dernier chiffre, l'écran s'est recouvert d'une couleur rose presque obscène et j'ai vu défiler un message de bienvenue commençant par mon nom, comme ceux qui vous accueillent dans les chambres d'hôtel. Puis ma gorge s'est nouée devant ce texte, où il était précisé que — par une faveur spéciale, avant même mon admission définitive au paradis — j'allais m'entretenir quelques minutes avec ma « maman ». Elle m'attendait là-bas, au pays enchanté où je pourrais bientôt la rejoindre et connaître ma « deuxième naissance ».

J'ai trouvé l'expression atroce. Dès mon arrivée, quand l'assistant psychologique m'avait fait cette promesse, la perspective de revoir ma mère m'était apparue comme une régression infantile. Mais la curiosité l'emportait. Il suffisait d'appuyer sur la touche *enter* pour retrouver cette femme disparue dix ans plus tôt après un épouvantable calvaire. Les mots que nous n'avions pas eu le temps de nous dire, ceux qui m'avaient tourmenté après sa mort se trouvaient à portée de clic. J'ai donc appuyé, presque malgré moi.

Aussitôt, le fond d'écran a changé pour laisser apparaître un décor de piscine, avec chaises pliantes, tables basses et, tout au fond, un grand hôtel moderne. Au premier plan, regardant vers moi, se tenait ma propre mère, debout, en maillot de bain, lunettes noires sur le nez, cocktail de jus de fruit à la main. Elle avait retrouvé l'apparence de ses soixante ans, quelques années avant son déclin ; et j'étais bouleversé de la voir ainsi, vivante, malgré ce bronzage exagéré, un peu vulgaire. Elle m'a parlé sans surprise apparente (elle devait avoir l'habitude, depuis le temps qu'elle se trouvait en prise avec l'alpha et l'oméga) :

— Bonjour, mon chéri, ça me fait tellement plaisir de te revoir.

Désemparé, j'ai perçu comme autrefois la fierté d'une mère devant son fils ; cette propension à le trouver beau et intelligent. Sa confiance semblait cependant légèrement troublée par les informations qu'on lui avait probablement communiquées :

— Enfin, j'espère que tu n'as pas fait trop de bêtises (à ce mot, elle se racla la gorge), et que tu vas bientôt nous rejoindre.

Ma réponse a jailli spontanément :

— C'est quand même incroyable de te parler comme ça.

Insensible à cet élan d'émotion, elle s'est alors lancée dans une de ses habituelles sorties contre les hommes :

— Imagine, ton père, ils l'ont gardé au chaud je ne sais combien de temps, pour des histoires cochonnes dont j'ignorais l'existence. Et maintenant, ils l'ont envoyé dans un hébergement provisoire.

— J'espère au moins qu'il est bien traité.

Elle a haussé les épaules pour marquer son indifférence, tandis que je demandais :

— Et toi ? Es-tu contente, là-haut ? Est-ce que tout se passe bien ?

Baissant le ton, ma mère a répondu avec sa franchise habituelle (cette fois, je la reconnaissais vraiment) :

— En vérité, on s'emmerde un peu.

Rien qu'à voir cette piscine et ces jus de fruit, je partageais son ennui. Elle a cependant ajouté avec un clin d'œil coquin :

— Mais je t'avoue que depuis ma rencontre avec M. Ling Hoo, j'ai retrouvé un certain goût de l'existence.

Parlait-elle de ce gros Chinois en maillot de bain, affalé derrière elle sur un transat ? Je n'ai pas eu le temps d'en savoir davantage ; car les images ont commencé à se brouiller. J'ai encore aperçu la silhouette de ma mère qui m'adressait un petit signe de main en disant :

— À bientôt, mon chéri… si Dieu le veut.

Ensuite, plus rien. Communication terminée. J'avais entrevu la félicité. Restait à gagner ma place ; et cette étape-là, si j'avais bien compris, pouvait durer très très longtemps.

Regagnant le couloir et ses boutiques, j'ai observé de nouveau l'une des affiches qui invitaient la clientèle à gagner son ticket pour le paradis. Ces hôtels ressemblaient, trait pour trait, à celui que je venais de voir en direct. Combien en avaient-ils bâti, là-haut ? Et que signifiait cette « félicité » si ma propre mère avouait qu'elle s'emmerdait ? Quant à l'idée même de gagner son ticket, elle rappelait décidément les jeux de hasard. Peut-être les autorités célestes, face à la surpopulation, avaient-elles adopté le tirage au sort, plutôt que de s'épuiser en considérations juridiques. J'allais abandonner mes dernières illusions lorsqu'un huissier surgi de nulle part, affublé de son badge en plastique, s'est approché de moi en courant pour m'annoncer, tout essoufflé :

— Il veut vous voir !

Interloqué, j'ai regardé son faciès de fonctionnaire grisâtre qui répétait avec une impatience mêlée d'effroi :

— Vite, suivez-moi, *il* veut vous voir !

Ce mystérieux « il » semblait désigner une force supérieure ; une force à laquelle ni lui ni moi ne pouvions résister, et qu'on ne pouvait faire attendre un seul instant. J'avais même l'impression que le désir de me voir, manifesté par cette entité mystérieuse, m'élevait soudain au-dessus du commun ; si bien que je me suis demandé, pendant un quart de seconde, s'il ne s'agissait pas de Dieu en personne. Passant de la dépression à la mégalomanie, j'ai ressenti un élan d'orgueil à l'idée que mon dossier exigeait l'intervention du Créateur. Mes mérites avaient-ils fini par éclater à ses yeux ? Jugeait-il nécessaire de me présenter ses excuses avant de m'offrir un *pass* VIP ?

J'ai suivi l'huissier, filant d'un pas nerveux dans un

dédale de couloirs, d'ascenseurs, de passages privés qui l'obligeaient à utiliser continuellement sa carte magnétique. Au bout d'un moment, j'ai lancé en plaisantant :

— Dites-moi, quel long chemin pour accéder à Dieu !

Interrompant son élan, l'huissier s'est tourné, dubitatif :

— Comment ça, Dieu ?

Et moi de répondre avec l'assurance d'un type enfin reconnu pour ce qu'il est :

— Oui, c'est bien Dieu que nous allons voir, n'est-ce pas ?

Sa réponse cinglante a rabaissé ma vanité :

— Vous vous prenez pour qui ?

Gêné, bafouillant, je me suis excusé, un peu déçu quand même :

— Désolé, j'avais cru... Mais alors, qui donc allons-nous voir ?

— Le Grand Saint Pierre, bien sûr !

Cette fois, j'ai cru qu'il se moquait de moi et m'infligeait cette boutade en réponse au péché d'orgueil. À mon tour, j'ai opté pour l'ironie :

— Le Grand Saint Pierre ? Vous m'en direz tant !

Il se tourna de nouveau, l'air parfaitement sérieux :

— Oui, le Grand Saint Pierre, qui tient les clés du paradis. D'ailleurs, regardez.

Loin des galeries commerciales, nous étions arrivés dans un couloir administratif avec moquette, donnant sur une haute porte en bois précieux à double battant. Assis juste à côté, un huissier a salué son collègue d'un geste discret, tandis sur je découvrais la plaque fixée devant moi : « Le Grand Saint Pierre ».

De surprise en surprise, ma vanité reprenait un peu de poil de la bête. Décidément, je n'étais pas un client comme les autres pour bénéficier d'un entretien privé avec le pêcheur de Génésareth. Certes il ne s'agissait pas de Dieu en personne, mais Pierre était le fondateur de l'Église chrétienne, et je mesurais l'honneur de lui être présenté.

La puissance considérable du personnage m'est apparue, d'ailleurs, lorsque mon guide a toqué à la porte, et qu'une voix extraordinaire, puissante, caverneuse, a fait trembler la paroi et vibrer le sol pour nous inviter à entrer. Pas de doute, j'accédais enfin au monde surnaturel. L'huissier a poussé un battant et m'a fait signe d'entrer dans ce vaste bureau entouré de baies vitrées donnant sur les étoiles. Au centre, un fauteuil de cuir noir faisait face à plusieurs écrans. Soudain, le siège a pivoté à cent quatre-vingts degrés et j'ai reconnu le premier des apôtres dans sa tunique de vieil Hébreu. Son visage affublé d'une longue barbe blanche était traversé par un sourire un peu las. Retrouvant une voix normale, il m'a demandé sans détours :

— Vous avez aimé mon petit effet ?

Je ne savais que répondre, craignant de me montrer grossier :

— Que voulez-vous dire ?

— Le coup de la porte qui tremble ! Et la voix caverneuse ! Ça impressionne toujours les visiteurs…

J'ai souri humblement, tandis qu'il précisait :

— Un copain m'a bidouillé ça.

Face à moi, l'auguste vieillard ressemblait bel et bien aux images pieuses. Mais mon regard, simultanément, était attiré par ce local qui rappelait le poste de pilotage de *Star Trek* : véritable tour de contrôle ouverte sur l'espace infini, dans lequel une nuée blanche attirait irrésistiblement le regard. Ce n'étaient pas les points multiples d'une galaxie, mais plutôt une constellation de filaments enchevêtrés suspendue au milieu de l'univers.

Indifférent à ce spectacle, Simon Pierre s'était retourné vers sa console en me faisant signe de m'asseoir. Sa main nerveuse déplaçait une vieille souris pour passer d'un écran à l'autre et zoomer sur différentes parties du paradis — hôtels, plages, camps de transit — comme au poste de surveillance d'un grand magasin. Le filet de pêche poussiéreux, posé près de l'entrée, semblait n'avoir pas servi depuis longtemps. Quant à moi, je me demandais pourquoi j'étais là, quand le Grand Saint Pierre m'a dit tout de go :

— Vous m'êtes sympathique…

Cela ne m'étonnait pas et j'ai entrevu à nouveau la fameuse lounge VIP, mais il a poursuivi :

— J'aimerais bien faire quelque chose pour vous ; sauf que je dois suivre la procédure, et que votre dossier n'est pas gagné d'avance.

Allait-il revenir sur ces fameux mensonges ? Devais-je endurer d'autres interrogatoires, suivis d'infinis débats entre spécialistes, pour savoir si ma place était au paradis, ou dans un camp de transit ? Le Grand Saint Pierre ne pouvait-il rien faire pour moi ? La réponse est bientôt tombée de sa bouche :

— J'ai fauté, moi aussi ; j'ai trahi la confiance du Christ. Et il m'a pardonné.

J'ai répliqué spontanément :

— Alors… vous pourriez me pardonner, à moi aussi !

— Le drame, cher ami, c'est que je n'ai pas ce pouvoir.

Il avait dit « cher ami », comme on se dit entre gens bien, avant de préciser :

— J'ai envoyé pour vous une demande de grâce au Tout-Puissant ; et j'attends sa réponse. Sans quoi votre avocat reprendra la main. Et dans ce cas, autant vous le dire, je ne suis pas super-confiant.

Une interrogation m'envahissait l'esprit :

— Et le Tout-Puissant… si ce n'est pas indiscret. Où se trouve-t-il, exactement ?

À ces mots, le Grand Saint Pierre a pris une expression accablée :

— Notre problème, c'est précisément qu'on n'en sait trop rien. Toujours en vadrouille. Il devient insaisissable, comme si le destin des âmes ne l'intéressait plus.

— C'est agaçant ! ai-je concédé… avant de réaliser qu'il s'agissait de Dieu, créateur du ciel et de la terre.

Mais une autre question se faisait plus pressante :

— Alors, s'il n'est pas là, comment inspirer l'humanité ? Animer les mouvements de l'univers ? Lutter contre le diable, et prendre toutes les décisions ?

Saint Pierre a murmuré, comme s'il avait honte :

— On fait comme tout le monde. On cherche des réponses dans le réseau !

Pour illustrer ses dires, il a tendu son doigt vers cette immense constellation de filaments lumineux regroupés au milieu du ciel, tel un gros estomac. On aurait dit qu'il désignait la vraie puissance supérieure. Puis il a expliqué :

— Le cloud : on y trouve tout, ou presque, sur chacun d'entre vous.

Et soudain, plus joyeux, comme pour donner la preuve de ce qu'il venait d'avancer, il s'est écrié :

— Tenez, posez-moi une question, n'importe laquelle !

À quoi jouait-il ? Le Grand Saint Pierre me proposait-il de trouver sur Wikipédia les réponses aux mystères de l'univers ? De rechercher dans les journaux de téléchargement les travers de l'humanité ? D'identifier les péchés par des mots clés ? Le cloud avait-il vraiment pris la place de Dieu ? Cette hypothèse effrayante agitait mon pauvre cerveau, et je restais bouche bée devant ce vieillard impuissant, quoique désireux de m'ouvrir la porte du paradis.

IV

Le grand dérèglement

1

Heureuses retrouvailles

De bon matin, Simon Laroche avait quitté son village, requinqué et décidé à continuer le combat. Il avait trouvé une place sur la nouvelle ligne à grande vitesse qui permettait de faire le voyage en trois heures, en échappant au vol low cost et aux toilettes payantes. Mais, comme il entrait sous la charpente en fer de la gare centrale et cherchait son train sur les tableaux d'affichage, il découvrit que la ligne rapide partait d'un « terminal » inauguré à dix kilomètres du centre-ville. Aucun train n'assurait la correspondance et Simon, dépité, se traîna avec ses bagages vers le point de départ des autobus.

Quinze minutes plus tard, le « Terminal grande vitesse » se dressait devant lui, tel un navire de béton percé d'immenses baies vitrées ; mais l'agacement de Simon monta encore d'un cran, à l'intérieur du bâtiment, lorsqu'une hôtesse lui donna quelques indications sur son départ. Pour accéder au train rapide, il fallait procéder à un « enregistrement », mot emprunté à la terminologie aérienne. Autrement dit, montrer patte blanche en fournissant une pièce d'identité, puis faire peser les bagages et payer un supplément en cas de surpoids.

Durant toute la phase de contrôle des papiers, Simon fit donc preuve de mauvaise volonté, ne trouvant plus son passeport («j'ignorais qu'il fût nécessaire pour prendre le train»), puis discutaillant avec le préposé pour lui dire tout le mal qu'il pensait de ces changements. Simultanément, une petite voix de sagesse lui répétait :

— Tu as un problème avec le changement. Tu devrais en parler à un psychanalyste.

Mais une autre voix, plus compréhensive, répliquait :

— Non, tu aimais le train pour ce côté pratique et simple... qui est en train de disparaître !

— Allons donc ! s'impatientait la première voix. Cesse un peu ta rengaine sur la modernité qui se déglingue. Tu vas rentrer chez toi à trois cents à l'heure ; et tout ce que tu vois, c'est déclin et disparition ! Le problème est dans ta tête !

Au sommet de l'Escalator, Simon arriva dans la zone des bagages, et protesta contre les dix euros supplémentaires qu'on entendait lui extorquer. Puis il paya en râlant sous les yeux étonnés des autres passagers, tandis que la voix de sagesse lui soufflait :

— Pourquoi t'énerver ? Ça ne te mène à rien ! Tu peux déplorer l'évolution du monde, tu ne la maîtrises pas.

— Mais si tout le monde se tait, les choses s'aggraveront davantage ! répliquait la voix compréhensive.

— Ces enjeux te dépassent et la vie est courte. Songe aux trois jours que tu viens de passer près du lac, à cette montagne et aux prés fleuris, aux bons conseils de Sénèque que tu relisais hier au soleil couchant, à ces résolutions de sagesse qui te guidaient avant ton départ.

Au moment d'entrer dans la confortable voiture de première classe, Simon admit d'ailleurs que le nouveau système de réservation présentait certains avantages : il lui avait permis d'acquérir un siège à prix cassé dans cette étrange loterie qu'étaient devenus les voyages. Fallait-il y voir un signe favorable au moment d'affronter à nouveau la réalité ? La chasse aux sorcières allait-elle prendre fin ? Parviendrait-il à sortir de l'épreuve sans présenter ses excuses ? Il comptait sur l'appui du secrétaire d'État qui avait enfin promis de le recevoir et de l'entendre.

Il commençait à prendre ses aises, dépliant ses journaux pour consulter la presse du jour, quand son regard s'arrêta sur une silhouette féminine en train de s'asseoir deux rangées plus loin. Ce ne fut d'abord qu'une impression ; puis son attention se fixa plus précisément et il s'avisa que cette grande brune était, presque à coup sûr, celle qui l'avait mis dans le pétrin malgré elle : Daisy Bruno, l'animatrice de City Channel.

Simon sentit sa respiration se précipiter. Un instant, il se demanda si la présence de la journaliste à l'autre bout du pays pouvait avoir un lien avec son propre voyage. Reprenant son souffle, il hésita entre deux attitudes : parler ou se dissimuler. Puis il se leva dans un élan, s'approcha de l'animatrice en train de hisser son sac dans le coffre à bagages et demanda doucement :

— Je peux vous aider, Daisy ?

Il s'était exprimé sur un ton apaisé, contrastant avec la violence de ses mésaventures. Sans même y songer, il avait retrouvé le sentiment de leur première rencontre : une sympathie spontanée ; une complicité qui les avait piégés l'un et l'autre ; une vive attirance pour ce corps élancé de grande perche italienne, et pour ce regard plein de fraîcheur qu'elle tourna vers lui en marquant son étonnement :

— Simon ? Simon Laroche ? Que faites-vous ici ?

Sa voix, elle aussi, marquait une heureuse surprise.

— J'allais vous demander la même chose !

Brûlant de se parler ils échangèrent leurs places avec leurs voisins pour s'asseoir côte à côte. Après avoir éclairé les raisons de leurs retrouvailles dans cette région — où Daisy était venue en week-end chez des cousins — ils revinrent sur l'enchaînement des dernières semaines.

Quand Simon avait appelé la journaliste, après la diffusion de ses propos sur Internet, celle-ci espérait que tout retomberait très vite. Elle avait exprimé sa colère au sein de la rédaction, sans parvenir à mettre la main sur le coupable, journaliste ou technicien, qui avait diffusé les chutes de l'interview. Mais elle n'imaginait pas que le scandale allait prendre de telles proportions.

Les jours suivants, tandis que la curée s'abattait sur Laroche, elle s'était sentie affreusement coupable. Pour quelques mots de travers, son invité subissait un véritable lynchage. Pour un instant de spontanéité, il se retrouvait à terre, soumis à un concours de crachats numériques. Une nouvelle obsession avait alors envahi Daisy : *aider Simon*. Elle avait publié un communiqué de soutien, condamnant formellement le détournement des propos de son invité ; puis elle avait envoyé un double de ses protestations à Simon qui n'avait pas répondu. Sur City Channel, sa solidarité avec Laroche avait pourtant déplu. Fred et George trouvaient qu'elle en rajoutait pour un dérapage qui apportait de l'audience. Enfin, deux jours plus tôt, avant de filer à la campagne, elle avait de nouveau composé le numéro de Simon afin de lui proposer son aide ; mais la ligne ne captait pas au bord du lac.

Dans cette période, surtout, elle avait repensé à cette vérité troublante : sans la confiance qui s'était nouée entre eux, jamais Simon ne se serait exprimé ainsi au micro. Leur empathie l'avait tué. À présent, le hasard les plaçait face à face et elle demanda :

— Vous voulez donc bien me parler encore ?

Simon répondit sans hésiter :

— En fait, je crois que vous êtes l'une des rares personnes à me comprendre.

— Même après ce que j'ai causé ?

— Précisément. Vous êtes, comme moi, dépassée par cette polémique ! Je connais beaucoup de gens attachés à la « protection de la vie privée »… mais prêts à accepter une certaine délation au nom de la chasse aux nazis, aux pédophiles, ou que sais-je encore. Or cette façon de penser vous est simplement étrangère.

Le train filait le long d'un fleuve, et Simon raconta les changements qui affectaient sa vie quotidienne : les amis qui n'appelaient plus, son épouse qui avait besoin de réfléchir, la vieille fermière et son mot accusateur. Il en parlait avec un certain humour et Daisy admirait son sens de l'observation. Quelques jours de repos lui avaient rendu son énergie — à moins que cette verve ne fût une arme de séduction ; car elle sentait bien aussi qu'il cherchait à lui plaire. Soudain, dans un silence, elle se rappela :

— Quand j'étais une jeune gauchiste, on dénonçait la « vie privée » comme une « vie privée de vie » !

Simon sourit, comme s'il s'en souvenait, lui aussi :

— Oui, c'était le principe de la révolution : tout mettre sur la table…

— Faire son autocritique ! renchérit Daisy.

— Vous étiez maoïste ?

— Pas vraiment, mais je pataugeais dans tout cela, comme les gens de mon âge, concéda la journaliste.

— Moi, j'animais un cercle trotskiste lycéen, expliqua Simon. Avec le recul, je trouve cela fascinant. Le capitalisme a tout gagné ; mais notre époque a également recyclé le pire du communisme : s'exposer sans tabou, sur Facebook ou à la télé ; se fustiger publiquement à la moindre faute.

Lui refusait de se fustiger davantage, et Daisy lui donnait raison. Plusieurs fois, leurs regards se croisèrent. Cette femme lui plaisait, et il avait une furieuse envie de prendre sa main. Mais, simultanément, la petite voix moderne lui disait :

— Attention, Simon, tu es à deux pas du harcèlement. Elle dira que tu as tenté de la manipuler.

L'autre voix, pourtant, l'assurait qu'il était sous le charme, qu'ils se comprenaient à demi-mot, qu'ils étaient faits pour vivre ensemble… Une aventure ? Une histoire d'amour ?

Il se sentait presque sur le point de franchir le pas quand le téléphone de Daisy émit une discrète sonnerie, indiquant qu'un message venait d'arriver. Elle s'excusa d'avoir laissé l'appareil allumé, à cause du travail, puis le sortit de sa poche et jeta hâtivement un œil. Soudain ses yeux s'écarquillèrent ; elle fit défiler le texte et regarda Simon qui, déjà, s'inquiétait d'un mauvais coup le concernant.

— Non, rassurez-vous, répliqua-t-elle aussitôt.

Elle semblait cependant incapable de faire autre chose que de contempler son écran en faisant défiler les informations. Ce fut une étrange minute de silence. Car, un instant plus tard, Simon (dont le portable était toujours éteint) remarqua que tout le monde, dans cette voiture de première classe, faisait la même chose. Tous les regards penchés sur les écrans trahissaient la même stupeur, quand ce n'étaient pas des exclamations qui fusaient ici ou là, des voix de passagers demandant à leurs voisins :

— Vous avez vu ça ?

Alors, il comprit qu'un événement considérable était en train de se produire.

2

Le 14 mai

La tempête avait éclaté deux heures plus tôt.

Ce 14 mai, à 8 heures GMT, des millions d'internautes reçurent dans leurs boîtes électroniques des courriers qui ne leur étaient aucunement destinés. Survenant comme une attaque, un peu partout dans le monde, la nouvelle se répandit comme l'éclair avant d'envahir les sites d'actualités.

Depuis quelques semaines, déjà, les services spécialisés avaient signalé la curieuse résurgence de courriels précédemment détruits ; mais ceux-ci, jusqu'à présent, se contentaient de réapparaître dans les comptes de leurs expéditeurs. Ce matin-là, le phénomène prit une ampleur nouvelle quand les citoyens découvrirent, au fil de la journée, que leurs ordinateurs n'étaient plus seulement envahis par leurs vieux courriers, mais aussi bien par ceux de leurs correspondants qui resurgissaient au hasard, chez les uns ou chez les autres, sans tenir compte des barrières techniques censées protéger la confidentialité.

Il ne s'agissait, pour la plupart, que de courriers anodins. On ne saurait toutefois sous-estimer le nombre de drames qui éclatèrent presque aussitôt. Première à faire le buzz, l'épouse d'une star hollywoodienne annonça son divorce après avoir reçu la correspondance de l'acteur avec sa maîtresse. Une heure plus tard, le cabinet du chancelier allemand découvrait un échange entre deux ministres français et britannique qui évoquaient la politique de Berlin en termes insultants. Au même moment, dans les administrations fiscales, des salariés consciencieux demandaient à leurs supérieurs s'ils devaient utiliser les informations sur les fraudes arrivées par erreur au service des impôts.

Les fournisseurs d'accès, noyés sous les appels, ne tardèrent pas à fermer tous les accès directs à leurs « conseillers » pour mettre en place, sur les serveurs vocaux, des messages destinés à rassurer la clientèle en affirmant que « les équipes travaillaient ». Ils n'avaient, en réalité, aucune explication ni début de réponse à proposer. Toute la soirée, des techniciens se succédèrent sur les plateaux télévisés pour expliquer qu'il s'agissait probablement d'une « faille technique » et que l'hypothèse d'une attaque malveillante était improbable. Ils répétaient, surtout, qu'il convenait de n'accorder aucun crédit à ces courriers indiscrets, d'une authenticité invérifiable. L'unique solution consistait à les traiter comme des « spams » : autrement dit, les mettre à la corbeille. Pour le reste, les spécialistes étaient mobilisés et trouveraient une parade au cours des prochaines heures.

Malgré ces promesses, le « grand dérèglement » du 14 mai — comme on le désigne depuis cette date — fut un véritable séisme dans la marche du monde moderne. Contrairement aux attentats du 11 septembre 2001 ou au krach boursier d'août 2008, il n'entraîna pas de morts

spectaculaires, ni d'effondrement de l'économie mondiale. Mais il allait répandre sur la planète une angoisse
inconnue, bien plus terrible qu'une vague peur de l'avenir ; une maladie rongeant chaque individu, brisant le
sommeil et transformant chaque jour en moment de ter-
reur. Car, désormais, chacun savait que ses moindres
secrets pouvaient, à tout instant, éclater à la face du
monde.

*

Après cette première journée de panique, le mystérieux phénomène parut toutefois s'interrompre.
Quelques commentateurs optimistes assurèrent que les
professionnels reprenaient la main, mais l'accalmie était
trompeuse. Comme dans les tremblements de terre, la
déflagration initiale allait se prolonger dans une série de
répliques. La « faille technique » du 14 mai n'était que le
signe avant-coureur d'un désordre plus général.

Dès le 16 mai, au petit matin, une seconde salve d'informations indiscrètes s'abattit sur le monde. Sauf que les
documents intrusifs n'étaient plus seulement des courriers électroniques, mais également des journaux de téléchargement. Sur ces listes, apparemment prélevées au
hasard, l'activité des internautes était détaillée minute
par minute sous forme de liens ; si bien qu'il suffisait de
cliquer pour savoir ce qu'un collègue, un parent, un ami
avait consulté sur le Web la semaine précédente, voire
cinq ans plus tôt.

La notion de « faille technique » pouvait-elle encore suf-
fire à expliquer cette incroyable violation de la vie privée ?

136

Dépourvus du moindre indice, des bataillons de journalistes relayaient l'effroi qui gagnait la population. Eux-mêmes, tétanisés devant leurs micros, éprouvaient des sueurs froides en imaginant que leurs propres journaux de téléchargement avaient pu atterrir en de mauvaises mains. Évidemment, la plupart de ces listes ne renvoyaient qu'à d'indigents contenus. Mais, dans certains cas, l'intitulé des liens en disait déjà beaucoup trop, avec ses adresses incluant les mots *djihad, salopes* ou *gros nichons.*

Dans les entreprises et sur les lieux de travail, chacun scrutait le regard des collègues, des supérieurs, pour savoir si ceux-ci avaient reçu *quelque chose* de confidentiel. Leur comportement avait-il changé ? Étaient-ils plus froids, plus distants ? Avaient-ils découvert que vous passiez des heures d'activités rémunérées sur des jeux de poker ou des sites érotiques ? Ce 16 mai, plus encore que le 14, fut marqué par une explosion des scènes de ménage. Tromperies, amants, maîtresses, passions amoureuses ou petits écarts : tout se trouvait désormais sur la table.

L'affolement gagnait l'opinion — sauf à l'abri de quelques dictatures où l'accès à Internet, rigoureusement contrôlé, avait protégé les utilisateurs qui ne pouvaient rien dissimuler. Ailleurs, les autorités appelaient au calme et à la raison. Une réunion fut programmée aux Nations unies pour élaborer une réponse collective. Dans la plupart des pays, l'instinct de solidarité et les déclarations de principe prédominèrent. Des engagements solennels furent pris pour détruire les informations pirates sans les consulter. Des personnages publics proclamèrent leur refus du scandale et leur respect de la vie privée. Nul ne comprenait, cependant, pourquoi certaines personnes, plutôt que d'autres, subissaient ces indiscrétions. Le choix des documents émergeant de la mémoire du Web, tout comme celui de leurs destinataires, semblait relever du hasard. La police tournait en rond. Quelques illuminés émettaient l'hypothèse que la Toile mondiale, saturée, *suivait désormais ses propres lois.* Les plus inquiets supposaient qu'une intelligence désireuse de nuire se dissimulait derrière tout cela. Chaque tentative pour remonter à la source demeurait pourtant inefficace. En l'absence de revendication, la principale hypothèse officielle restait donc celle d'un « grand dérèglement ».

*

Le 19 mai, après deux journées de calme, une troisième salve d'indiscrétions s'abattit sur le réseau pour révéler quantité de SMS, offerts au public dans leur crudité. Comme lors des vagues précédentes, ces conversations remontaient souvent à plusieurs mois, voire à des années ; et leurs auteurs croyaient les avoir détruites avant de les voir réapparaître. La plupart n'étaient ni des obsédés sexuels, ni des terroristes, et leurs échanges anodins ne prêtaient guère à conséquence. Quelques messages comportaient cependant assez d'expressions malheureuses, pour semer le chaos dans les familles, fâcher les amis, voire briser les carrières. À New York, à Tokyo, à Paris, les cours de la Bourse plongeaient, avec pour seule cause l'inquiétude collective sur l'avenir d'Internet. Courrier électronique, téléphone, déplacements sous les caméras de surveillance : la quasi-totalité des échanges humains empruntait désormais les voies numériques et semblait pouvoir éclater dans une lumière obscène.

Face à cette nouvelle attaque, les fournisseurs d'accès ne trouvèrent pas davantage de réponse. Tout juste les services clients délivraient-ils leur message laconique affirmant que les équipes « travaillaient » et que le problème était « en passe d'être résolu ». Mais ce ton rassurant ne trompait personne et l'inquiétude s'accroissait dans les laboratoires de la police scientifique où les cerveaux moulinaient sans rien trouver. Venant à leur secours, des millions d'internautes rêvaient d'élucider l'origine de ce qui apparaissait aux uns comme un « dérèglement général de la Toile », aux autres comme un complot dont la responsabilité revenait certainement à des *hackers* guidés par l'obsession de la transparence.

Quelques années plus tôt, lors de l'affaire WikiLeaks, les informations confidentielles des services secrets américains s'étaient vues ainsi livrées en pâture au grand public. Certains groupes militants, comme les Anonymous, excellaient eux aussi dans les dérèglements dirigés contre ceux qui bridaient la liberté sur Internet... Sauf que tous, à présent, démentaient leur implication et se joignaient au chœur pour dénoncer une « intolérable atteinte à la vie privée ». Dans le même temps, les messages revendiquant la responsabilité du « grand dérèglement » tendaient à se multiplier ; mais la plupart se distinguaient par leur fantaisie et leur manque de compétences techniques, à l'image de ce groupuscule « Pureté islamique », ou de ce vaseux

« Comité pour la défense de l'Occident » qui préten-
daient dénoncer les turpitudes morales de la population.
Alors ? Fallait-il chercher du côté des services secrets ?
Cherchait-on à semer un climat d'anxiété dans la population pour justifier un contrôle renforcé du Net ? Seule
réponse au désordre, la réunion du 20 mai, aux Nations
unies, déboucha sur une déclaration collective, approu-
vée par une large majorité de pays, condamnant la diffusion et l'utilisation des informations confidentielles en
circulation.

3

Contre-attaque

Embusqué à l'angle d'un mur, à cent mètres du Palais national, Simon éprouva un vif soulagement : les Nettoyeuses ne l'attendaient pas sous le porche. Depuis son retour de la montagne, il se garait dans un parking voisin et s'approchait à pied du bureau pour évaluer la situation. Précaution inutile, car les militantes avaient disparu. La rue était déserte. Une sourde angoisse planait sur la ville, depuis que le « grand dérèglement » maintenait chaque citoyen dans l'attente des révélations qui tombaient sur Internet.

Après s'être engouffré dans la cour pavée, Simon Laroche gravit l'escalier de marbre jusqu'aux locaux de la Commission où son assistante dressa vers lui des yeux égarés :

— Qu'est-ce qu'on va faire ?

Cette inquiétude ne visait plus le rapporteur, ni la cabale dirigée contre lui, mais la catastrophe qui s'abattait sur le monde. Le regard de cette femme exprimait une étonnante confiance dans le rôle de la Commission des Libertés publiques. Elle semblait persuadée que son patron saurait s'emparer du dossier et imaginer des solutions. Simon, à ses yeux, avait retrouvé son aura d'expert chargé de protéger la vie privée. Était-ce à dire que son cauchemar allait s'achever, maintenant que l'actualité imposait d'en revenir aux affaires sérieuses ?

Quand le phénomène s'était abattu sur le monde, il aurait pu trembler davantage encore à l'idée de voir ses secrets érotiques publiquement révélés. Or, cette hantise était totalement retombée. La dimension internationale de la crise, la gravité des indiscrétions politiques, l'ampleur des scandales diplomatiques relativisaient ses propres égarements. Certes, sa position de responsable gravement mis en cause faisait de lui une cible idéale ; mais la menace semblait plutôt s'éloigner. Les dérèglements de messagerie qui avaient touché Simon parmi les premiers avaient cessé, comme si le « dérèglement » se tournait vers d'autres victimes. Du moins le supposait-il, même si chaque signe le mettait en alerte, comme la veille au soir, au cours du repas de famille.

Depuis son retour de la campagne, sa femme et son fils appliquaient de bonnes résolutions. La douceur avait remplacé les reproches. Simon, pour son dîner, avait eu droit à un steak saignant, et il avait apprécié la gentillesse d'Anna. Elle redoutait, visiblement, l'effondrement de cet édifice que nous passons une vie à construire et qui retombe si vite en poussière. Assis à côté d'elle, Tristan portait un T-shirt orné d'une tête de mort et d'une faux. Une nouvelle coiffure noyait complètement son visage, mais il se montrait plus bavard que d'habitude et avait écarté ses cheveux pour adresser à son père quelques sourires insistants. Habitué aux humeurs adolescentes,

Simon avait supposé qu'un tel effort préparait une demande, qui n'avait pas tardé :

— Papa ?

— Oui, Tristan !

— J'ai un truc à te demander.

— Je sais, mon grand !

Le gamin avait redressé son menton où perçaient quelques boutons d'acné. Piégé par son père, il avait renvoyé un regard malicieux :

— Bon, alors, autant te le demander carrément.

— Oui, dis-moi, je t'écoute...

— Eh bien, en fait mon écran ne marche carrément plus. Et j'ai vu un vingt-quatre pouces génial, pas cher. Alors je me disais que...

Simon l'avait interrompu :

— Donc tu as envie d'un nouvel écran vingt-quatre pouces ; et, depuis que tu t'es mis en tête de l'acquérir, tu trouves que le vieux ne fonctionne plus...

Il avait pris le temps d'avaler une bouchée avant de répondre :

— Vois-tu, Tristan, outre que cet achat n'est pas indispensable, je trouverais plus raisonnable de réduire les dépenses tant que je ne suis pas sorti de cette affaire...

Il avait dit le mot de trop. Jour après jour, Anna et Tristan voulaient se persuader que tout était fini et que rien ne changerait. À ce rappel de possibles difficultés, le silence était retombé. Soudain, le fils, reprenant la parole, avait insisté :

— Allez, papa, tu as bien quelques économies... Je connais bien tes *poupées russes* !

Il avait insisté sur ces deux mots, et Simon s'était

immobilisé, la fourchette devant sa bouche. Tristan parlait-il du site *poupéesrusses.xxx* qu'il avait si souvent fréquenté à la recherche de Natacha ? Comme pour balayer cette crainte, son fils avait alors désigné d'un geste les poupées russes posées sur la cheminée, où ses parents rangeaient parfois quelques billets. Mais Simon avait entrevu cette autre hypothèse : l'adolescent avait reçu les données privées de son père ; c'est pourquoi il le fixait de cet air insolent, auquel Simon ne savait que répondre, tandis qu'un second front s'ouvrait, sur sa droite, par la voix d'Anna :

— Tout à l'heure, je vais au musée avec Natacha, une fille très sympa, rencontrée sur Facebook.

Cette fois, Simon avait éternué sur sa fourchette et recraché quelques fragments de spaghettis, avant de s'excuser. Puis il avait demandé :

— Tu fais des rencontres sur Facebook, maintenant ?

— Pourquoi pas ? Je comprends que tu n'aimes guère ces réseaux sociaux, qui se sont défoulés sur toi. Mais ils ont leurs avantages, et tu aimerais bien cette femme ; une grande blonde très sympathique, arrivée de Russie voici quelques années...

Cette description rappelait trait pour trait l'autre Natacha. Il ne pouvait s'agir d'un hasard. Le grand dérèglement avait encore frappé. Les proches de Simon connaissaient chaque détail de sa vie privée... Pourtant, dans cette hypothèse, la réaction de sa famille aurait été plus nette, et il n'était sûr de rien. Quelques instants plus tard, le jeu d'allusions s'était d'ailleurs déplacé. Se tournant vers son fils, Anna semblait avoir un compte à régler :

— Je te donne raison pour l'écran, mon chéri. Par contre tu pourrais éviter, quand tu parles avec tes amis, de me présenter comme « la neurasthénique ». Ce n'est pas très gentil.

Tristan avait secoué la tête et ramené ses cheveux en avant pour masquer qu'il rougissait, tout en s'exclamant :

— Où t'as vu ça ? Tu fouilles dans mes affaires ?

— Je ne me permettrais pas, mon chéri.

Le jeune gothique la scrutait, furieux. Mais Anna s'était contentée d'un évasif :

— C'est mon petit doigt qui me l'a dit !

L'avait-elle surpris au téléphone. Ou avait-elle reçu les courriers confidentiels de son fils ?

Tristan restait bouche bée, songeant à la perte de ses secrets, à la publication de ses flirts, de ses commandes de shit, de ses mauvaises blagues sur ses profs… Simon, de son côté, éprouvait un vague soulagement à l'idée que, pour une fois, les embêtements ne se concentraient pas sur lui ! Il avait quitté la table lâchement, laissant sa femme et son fils à leurs explications.

À présent, au bureau, il se sentait d'humeur combative. L'angoisse perceptible en ville et le regard confiant de son assistante renforçaient sa détermination : le grand dérèglement lui offrait une occasion de faire oublier sa phrase malheureuse et de jouer pleinement son rôle à la tête de la CLP : il devait apporter un avis éclairé sur la façon dont les autorités pouvaient contrôler ce chaos juridique aux conséquences innombrables.

Posés sur son bureau, les journaux résumaient les derniers développements de la catastrophe. Tout s'était encore aggravé, l'avant-veille, quand un torchon de la presse populaire, utilisant les révélations qui circulaient, avait dénoncé plusieurs personnalités du spectacle et de la politique sous le titre : « Leurs obsessions secrètes ». Sans aucun égard pour les consignes de discrétion votées à l'ONU, on avait accolé les portraits de quelques *people* à des photos compromettantes trouvées dans leurs journaux de téléchargement. Un flou masquait les détails trop crus, mais le résultat était destructeur : le sobre ministre de l'Éducation posait auprès d'une image de film X où des collégiennes se livraient à une orgie ; un porte-parole de l'Église catholique côtoyait un cliché obscène de séminaristes étudiant le pénis d'un évêque.

Aussitôt des voix s'étaient élevées pour condamner cette délation et appeler la justice à une réponse ferme. Plusieurs figures morales et intellectuelles avaient dénoncé les méthodes de la presse à scandales. Les avocats des personnalités dénoncées avaient nié les faits et parlé de « montages ignobles ». Pourtant, au moment où résonnaient ces appels à la sagesse, un déluge de commentaires avait démontré que les choses n'étaient pas si simples. Quantité d'anonymes, s'exprimant sur Internet, applaudissaient « qu'on dise enfin les turpitudes de ceux qui nous font la morale ». Des milliers de courriels exigeaient la démission du ministre de l'Éducation — « cette ordure qui rêve de se taper des lycéennes ! ». Puis les attaques s'étaient retournées contre ceux qui appelaient au respect de la vie privée : « Ils sont plus choqués par les indiscrétions que par les actes. Ils veulent bien des pédophiles, pourvu qu'on n'en parle pas ! » Quand, enfin, le porte-parole du clergé catholique avait présenté sa démis-

146

sion, assortie d'excuses à la communauté chrétienne, les anonymes avaient crié victoire.

Ainsi l'opinion se divisait-elle en deux camps : d'un côté, ceux qui, par principe, entendaient interdire la diffusion des informations privées, de quelque nature qu'elles fussent ; de l'autre, ceux qui, au nom de la démocratie, de la transparence et de l'égalité, ne voyaient aucune raison de cacher les turpitudes des personnalités publiques. Certaines voix appelaient même à lancer une « opération mains propres » en dévoilant la totalité des documents existants, afin qu'on sache enfin « toute la vérité sur les puissants ».

Se tournant vers son ordinateur, Simon ouvrit un nouveau fichier. Il sentait le moment venu de taper une « recommandation » qui ferait date dans l'Histoire, en rappelant l'absolue prééminence du principe de confidentialité. Il irait jusqu'à défendre le droit à une forme d'immoralité dans les conversations privées, ou dans la fréquentation de certains sites. L'État devait s'en tenir à cette position et Simon disposait d'arguments juridiques irréfutables. En inspirant le gouvernement dans ce sens, le rapporteur ne doutait pas de montrer la voie au reste du monde. Il allait donner l'exemple du courage, et triompher de la délation généralisée. Pendant quelques instants, il se vit comme le héros d'une époque nouvelle. Emporté dans son élan, il tapa son texte d'un seul jet, puis il prit son téléphone et composa le numéro d'Ingrid.

Après quelques sonneries, l'appel bascula sur le répondeur et Simon, impatient, commença par se raisonner : son amie, qui travaillait dans les plus hautes sphères, pouvait bien avoir quelques obligations. Elle rappela

147

d'ailleurs, trente minutes plus tard, mais elle manquait de chaleur, partagée entre ironie et lassitude :

— Ne me dis pas que tu as fait une nouvelle connerie !

Ingrid, visiblement, en était restée à l'épisode précédent. Simon tâcha toutefois de rester détendu. Avec la ferveur d'un serviteur de la République, il annonça qu'il venait de mettre au point une « recommandation » audacieuse, nécessaire dans ce climat de folie. Son texte pourrait aider grandement le secrétaire d'État. Il parla bien, développa ses idées, lut son brouillon. Lorsqu'il eut terminé, la conseillère ne lui accorda qu'un silence pesant, puis enfin :

— Excuse-moi, Simon, mais… je crois que, dans ta position, mieux vaudrait éviter ce genre de déclaration.

Un élan d'indignation souleva son camarade :

— Ingrid, pas toi, je t'en prie ! Tu sais bien que je me suis fait piéger. Cette histoire est finie. Aujourd'hui, j'assume mes fonctions, et on se doit de défendre certaines valeurs avec un vrai courage !

La réponse fut plus sèche encore :

— Le courage, pour toi, ce serait de faire tes excuses. On a toujours trois pétitions demandant ta démission ! Et toute intervention de ta part serait gênante pour mon patron.

— Ingrid, je t'en prie, c'est n'importe quoi, renchérit Simon, presque plaintif.

Puis il ajouta :

— En tout cas, on ne va pas continuer comme ça ! Organise-moi un rendez-vous avec le secrétaire d'État.

— Ça tombe d'autant mieux qu'il est d'accord, confirma la conseillère.

Avant de raccrocher, elle insista, presque maternelle :

— Mais surtout, Simon, dans ton intérêt, tu ne dois plus rien signer de ton propre nom. En tout cas provisoirement. Cela évitera les problèmes.

4

Une fulgurante ascension

Sous sa casquette de portier, ce gros baraqué ressemblait à Slimane, un abruti de la cité des Falaises. L'air méfiant, il scrutait les deux jeunes gens qui patientaient sur le trottoir d'en face, guettant un moment favorable pour franchir la porte du New Chic.

Situé dans un immeuble de l'avenue Mandela, ce bar était l'un des plus sélects de la ville. Le nouveau propriétaire savait créer l'événement en invitant de jeunes créateurs à y présenter leurs œuvres. Le mois passé, un artiste chinois avait fait sensation en recouvrant les salons de rayures grises qui évoquaient l'uniforme des déportés. Cet «hommage aux victimes de tous les totalitarismes» avait confirmé la vogue du New Chic; rendez-vous favori du monde du spectacle, de la mode et des affaires, spécialement pour les verres de fin d'après-midi. C'est là que Valérie M., directrice de l'agence *Valerie.com*, avait convié Red et Darius; et c'est devant cette porte qu'ils patientaient depuis quelques minutes sous le regard du vigile bien décidé à les empêcher d'entrer.

Le rouquin échangea un sourire avec l'Irakien, résumant ce que la situation, au bout du compte, avait de

distrayant. Car cette brute ignorait que les deux adolescents étaient attendus par une des femmes les plus
connues de la ville. En débarquant dans ce quartier
rupin, puis en découvrant cet escalier dominé par l'impo-
sante silhouette du portier, ils s'étaient demandé, un instant, si leurs tenues trop décontractées contrevenaient au
dress-code de l'établissement. Quelques minutes d'observation leur avaient suffi pour comprendre que la clientèle du New Chic méprisait ce genre d'exigences. C'est
pourquoi Darius toisa son camarade en ordonnant :

— On y va !

L'air faussement détaché, ils s'approchèrent du feu,
traversèrent la rue ; puis ils firent encore quelques pas
vers la réception devant laquelle se succédaient taxis et
limousines. Prenant soin de ne pas regarder le videur, ils
grimpèrent les marches, tête baissée, progressant vers la
grande porte à tambour, quand la masse musculaire en
livrée s'interposa, tandis qu'une voix sourde prononçait :

— Vous désirez, messieurs ?

Red, prenant son air le plus bête, redressa la tête en
bafouillant :

— Ben, enfin, c'est-à-dire que…

— Désolé, mais vous ne pouvez pas entrer, renchérit
le videur.

Sûr de son fait, il ajouta :

— Si c'est pour une embauche, le personnel est complet. Et il faudrait vous saper un peu mieux.

Puisqu'il voulait le prendre sur ce ton, Red à son tour
décida de jouer la provocation en adoptant un ton fami-
lier :

— Allez, mon pote, fais-nous pas chier, on veut entrer…

— En plus on me tutoie, répliqua le portier en grimaçant, pendant qu'un de ses collègues approchait pour prévenir tout incident.

Au même instant, une grande femme maigre sortit de l'établissement. Lunettes noires et cheveux jaunâtres, elle portait un blue-jean négligé et s'adressa vivement au vigile :

— Mais enfin, ces messieurs sont mes invités. Nous avons rendez-vous dans le salon doré.

Le nom même du « salon doré » jurait avec le style des nouveaux venus. Le portier dut toutefois rendre les armes en bougonnant tandis que Valérie M. entraînait ses protégés vers l'intérieur de l'hôtel et que Red se retournait sur un insolent :

— Tu devrais t'excuser, mon vieux !

Pour le reste, les deux amis avaient imaginé la reine de la communication plus sexy. Mais, quand Valérie, quelques minutes plus tard, commanda un champagne de grande marque, ils songèrent que, décidément, quelque chose avait changé dans leur vie.

Voici encore un mois, ils végétaient comme deux ados des Falaises de l'Ouest, champions des mauvaises blagues au lycée, quand ils n'erraient pas près de la sandwicherie Honolulu. En quatre semaines, ils avaient acquis une véritable notoriété : leur site « Nous, en tant qu'hommes ! », devenu l'un des plus fréquentés du Web, commençait à attirer les requins de la communication et de la finance. Mieux encore, le slogan lancé sous forme de plaisanterie avait soulevé, jour après jour, une véritable lame de fond.

Des millions d'« amis » s'étaient déclarés. Des artistes en déclin, des responsables politiques en quête de programme venaient chaque jour s'agréger ; et l'angoisse suscitée par le Grand Dérèglement avait accéléré le mouvement. Red et Darius, eux, s'efforçaient de garder un ton impertinent et léger... afin que nul ne sache si leur combat représentait une noble cause ou une fumisterie.

Le blog était né dans l'appartement de Darius, qui s'y connaissait en informatique. Il avait commencé par inviter les internautes à décliner librement la formule « Nous, en tant qu'hommes ! » Puis d'innombrables tweets avaient pris le relais, chacun y allant de ses convictions : « Nous, en tant qu'hommes, on veut plus avoir honte », « Nous, en tant qu'hommes, on aime pas les quotas », « Nous, en tant qu'hommes, on aime les filles de joie... »

Après avoir fermé les yeux pendant quinze jours, plusieurs associations féministes avaient découvert cet ignoble buzz. La plupart ne voulaient y voir qu'un feu de paille, mais le mouvement enflait à toute vitesse. Des milliers d'individus s'y agrégeaient pour réagir à ce que certains osaient même appeler la « violence des femmes ». Dans plusieurs pays, des collectifs « Nous, en tant qu'hommes ! » s'étaient formés spontanément. Donnant le signal de la contre-attaque Adama Lolo, porte-parole de « Nous, en tant que femmes ! », avait rappelé que les propos sexistes étaient condamnés par la loi. Elle considérait en outre que l'intitulé « Nous, en tant qu'hommes ! » représentait un détournement inadmissible du nom de son propre mouvement, déclaré et protégé. Mais son référé n'avait pas obtenu gain de cause au tribunal.

Mieux encore, Fred et Darius avaient répliqué par un

153

communiqué qui niait toute attitude agressive et prônait l'harmonie des sexes. Leur seule ambition était de mettre fin aux discriminations judiciaires, politiques, médiatiques, sociales, qui prêtaient systématiquement aux femmes une voix éminente, une identité particulière, une spécificité positive encouragée en tant que telle — quand les hommes, inversement, se voyaient contester toute complicité, toute identité, toute spécificité, sauf pour la réduire à une collection de vices sexuels et d'abus de pouvoir. Ce double traitement n'avait aucune raison d'être.

La rumeur du succès de Red et Darius s'était répandue dans la cité comme un titre de gloire pour leur quartier déclassé. On avait mis à leur disposition des locaux dans la tour n° 5 (celle qui n'avait plus d'ascenseurs). Quand ils avaient reçu leur première invitation sur un plateau télé, on s'était battus pour leur servir de chauffeurs. Et la fierté avait encore grandi après cette prestation où ils étaient apparus comme des garçons sympathiques surfant aux frontières de la plaisanterie... pour exprimer quelques idées inconvenantes. Ils avaient affirmé ne se sentir aucunement responsables des abus commis envers les femmes au cours des siècles passés ; et les hommes d'autrefois ne leur semblaient guère plus coupables, car ils avaient vécu dans l'esprit de leur époque. Nombre d'entre eux aimaient et respectaient les femmes, bien que certains aient subi le joug de méchantes épouses... Ils parlaient sans tabou, avec un sens inné du talk-show. Chaque fois que le journaliste les accusait de sexisme et leur rappelait les violences faites aux femmes, Red et Darius proclamaient leur amour du « beau sexe » et retrouvaient un ton guilleret. Darius avait d'ailleurs conclu en appelant « toutes les femmes à rejoindre le mouvement ». À la sortie, Red lui avait demandé pourquoi, et son copain avait répondu :

— Je sais pas, ça m'est venu comme ça !

Les choses venaient « comme ça » depuis leur première conversation sur le sujet, à l'entrée du Honolulu ; et tout s'enchaînait miraculeusement. Après cette émission, des renforts féminins s'étaient agrégés à « Nous, en tant qu'hommes ! » pour réclamer un « féminisme détendu ». Quelques militantes allaient plus loin comme ce collectif d'étudiantes anglaises invoquant le « droit à devenir des femmes entretenues » — condition préférable selon elles aux contraintes toujours plus sévères du monde du travail. Les articles de presse se multipliaient et l'aggravation du Grand Dérèglement stimulait encore ce phénomène. Les révélations sur la vie privée des hommes, épinglés par les tabloïds, augmentaient la solidarité des parias. Le déferlement de transparence attisait les conflits mais aussi le besoin de se rassembler pour se défendre. C'est pourquoi « Nous, en tant qu'hommes ! » attirait l'attention d'une myriade de professionnels, gestionnaires de réseaux, publicistes et avocats qui proposaient leurs services.

Après mûre réflexion, le choix de Red et Darius s'était porté sur *Valerie.com*, grande agence de communication dans le monde du spectacle. Ce côté artistique leur plaisait davantage que les offres de managers prêts à racheter leur site pour le dénaturer. C'est ainsi qu'ils avaient débarqué de banlieue pour rejoindre Valérie M. au New Chic ; puis qu'ils s'étaient assis dans les profonds fauteuils du salon doré, entre les murs gris couverts de rayures. Quelques statues de déportés, grandeur nature, s'élevaient entre les tables pour souligner le « devoir de mémoire ». Ça n'était pas très gai, mais la clientèle avait fini par s'habituer.

Une heure plus tard, Red et Darius confiaient à Valérie la gestion de leurs affaires. Cette division du travail les aiderait à conserver une fraîcheur de pop-stars. Une stratégie fut esquissée : évitant de trop préciser leur doctrine, les deux jeunes gens continueraient à laisser s'agréger autour du site quantité d'états d'âme, de revendications, de cris de révolte qui témoignaient de la détresse masculine. Les comités locaux joueraient le rôle d'amplificateurs, mais conserveraient leur autonomie. Red et Darius se contenteraient d'apparaître comme les figures tutélaires du mouvement, de recentrer le débat ou d'y mettre une dose de blague. Le rouquin s'attacherait spécialement à cette dernière tâche, lui qui aimait lancer, sans rougir : « Nous, en tant qu'hommes, on aime les gros lolos. » Le jeune Irakien incarnerait une forme de sagesse par ses appels aux femmes et à la paix des ménages. Pour entamer cette nouvelle étape, ils allaient prochainement enregistrer une chanson reprenant les tweets les plus populaires, agrémentés de trouvailles personnelles.

Comme l'effet du champagne commençait à se faire sentir, les deux garçons insistèrent pour faire entendre le début à leur nouvelle directrice de communication. Se calant sur le rythme du pianiste qui, au fond du bar, débitait un air de jazz, ils se regardèrent dans les yeux puis entamèrent leur slam à mi-voix. Red lança le premier vers :

Nous, en tant qu'hommes, on veut plus avoir honte...

Sans attendre, Darius reprit avec souplesse :

On en a marre que les femmes nous démontent.

Suivant le balancement du piano, Red s'en tenait au registre grivois : naughty

Nous, en tant qu'hommes, un rien nous émoustille,
Autant l'avouer, on aime le cul des filles !

À quoi s'opposait le style plus poétique de Darius :

Nous avons grand besoin d'air, de ciel et de mères...
Mais père ne veut pas dire pension alimentaire...

D'abord timides, ils constatèrent bientôt que Valérie les écoutait attentivement sous ses lunettes noires. Puis, comme les adolescents redressaient la tête, ils découvrirent autour d'eux les regards captivés des financiers, des attachées de presse, des acteurs et des top-modèles qui, imperceptiblement, s'étaient laissé absorber par la chanson. Soudain, une jeune femme joignit ses mains en simulant un applaudissement ; puis d'autres clients leur adressèrent des sourires, subjugués par la fraîcheur de ces deux garçons qui, à coup sûr, allaient s'imposer comme de nouvelles stars.

5

Rendez-vous galant

Le premier endroit secret où Simon avait retrouvé Daisy était un passage du centre-ville, une galerie oubliée entre deux boulevards. Quelques années auparavant, des restaurateurs indiens s'étaient installés dans cette allée recouverte d'une longue verrière. Derrière les statues de Vishnou et les tentures fleuries, ils proposaient des menus bon marché adaptés au personnel des ateliers du voisinage. On pouvait y faire une pause, boire un café, mais aussi acheter quelques fruits à l'épicerie orientale, ou se faire couper les cheveux dans une minuscule échoppe ; si bien que ce passage était comme la coulisse du quartier.

Si, toutefois, la journaliste aimait tant ce lieu, c'est parce qu'on y trouvait aussi, entre les restaurants indiens, quelques boutiques sorties du fond des âges : comme ce marchand de chapeaux et de parapluies dont les modèles démodés ne provenaient pas d'usines chinoises, mais avaient traversé le temps dans leurs vieux cartons, attirant encore quelques connaisseurs. Même la vendeuse, revêche dans sa blouse grise, aurait trouvé sa place dans un film des années cinquante. En ressortant de la boutique, le rapporteur remercia Daisy et dit à son oreille :

— Je me sens chez moi dans ces décors d'autrefois. Est-ce parce qu'ils me ramènent au monde en noir et blanc de mon enfance ?

— Ce monde n'était pas si drôle, pourtant ! Vous avez vu la vendeuse ? répliqua son amie en riant.

Tous deux partageaient le goût des vestiges. Mais ce penchant, chez la journaliste, relevait moins d'une critique de la modernité que d'un enchantement devant les contrastes urbains. D'un geste tendre, elle prit alors la main de Simon pour l'entraîner plus avant dans la galerie et s'asseoir à la table d'un bistrot indien. Il apprécia d'être immédiatement servi, comme dans les cafés d'antan, et ne put s'empêcher de le souligner :

— Le passé nous appartient. Le futur, lui, nous est hostile, puisqu'il va nous laisser en chemin.

Daisy but une gorgée avant de rétorquer :

— Vous opposez toujours le passé et l'avenir ! Moi, j'aime l'accord mystérieux des époques : les parapluies anciens et les employés des ateliers ; la verrière 1900 et les immigrés indiens. Même la géographie s'amuse dans cette galerie : un restaurant du Penjab, un coiffeur turc, des chapeaux melons venus d'Angleterre…

— Et puis ces fenêtres ! ajouta Simon, en désignant du doigt la partie supérieure du passage, où de vraies fenêtres encadrées des volets s'alignaient au-dessus des boutiques.

Ce détail l'enchantait :

— Habiter là-haut. Ouvrir chaque matin ses fenêtres

sur la galerie, vivre dans ce monde secret au cœur de la ville…

Daisy ajouta :

— Il y a mieux encore ! Regardez !

Elle brandit l'écran de son téléphone portable :

— Rien ne passe, ici. Nous sommes protégés. Le Grand Dérèglement n'est pas entré dans ces murs.

Simon lui renvoya un sourire heureux, puis ils quittèrent la galerie des Indiens, tandis que Daisy précisait sur un ton d'autorité :

— La prochaine fois, à vous de me surprendre, monsieur Laroche !

Voilà qui imposait de se creuser les méninges. La journaliste avait joué sur les faiblesses de Simon en lui faisant découvrir un vieux passage. Davantage de nostalgie aurait paru redondant. Pour leurs retrouvailles, Simon choisit donc de l'emmener au cinéma. Mieux encore, ils iraient voir un film de science-fiction sorti quelques jours plus tôt.

La grande salle Art déco avait échappé aux bulldozers. Mais, à l'intérieur du hall, il fallait prendre ses billets en tapotant un écran interactif. Un libre-service avait remplacé les vendeuses de caramels et de chocolat glacé. Les spectateurs faisaient d'écœurantes réserves de pop-corn, avant de s'avancer vers les Escalator. Ces mœurs américaines exaspéraient Simon. Pour autant, comme il l'avoua à Daisy, il regardait avec des yeux d'enfant les grandes productions hollywoodiennes. Il aimait plus que tout ce cinéma fait pour rêver, ces villes fantastiques, ces voyages sur les planètes lointaines auxquelles les humains n'accéderaient jamais, sauf par la magie du Septième Art.

Pendant une heure et demie, Daisy sembla partager ce

plaisir, surtout quand les deux héros amoureux, à l'issue de leurs aventures, et après la destruction de leur galaxie, fondèrent une nouvelle colonie dans un paysage bucolique. C'était niais, peut-être. À la sortie, pourtant, Simon offrit à la jeune femme un regard enchanté ; et, comme pour contredire ses amis intellos, il affirma :

— C'est ça le cinéma, non ?

— C'est *aussi* ça, convint la journaliste.

Puis elle ajouta :

— Mais c'est quand même plus un cinéma de garçons !

Ils marchaient côte à côte sous les réverbères. Leurs corps se frôlaient agréablement et Simon prit un air faussement étonné :

— Comment ça, « de garçons » ? Il y aurait des goûts de garçons et des goûts de filles ? Vous oubliez la théorie du genre ?

— Pas de gros mots, coupa Daisy.

Leur troisième rencontre les conduisit à l'opéra où passait *Ariane à Naxos* de Richard Strauss qu'ils ne connaissaient ni l'un ni l'autre. Daisy aima l'entrain et la drôlerie de cette œuvre, surtout cette scène des chanteurs italiens, à la fois ridicules et délicieusement lyriques. Simon, de son côté, content d'avoir trouvé des places au premier rang, baignait dans les sons de l'orchestre qui le mirent en extase. À l'entracte, deux visages connus lui firent redouter une indiscrétion qui remonterait aux oreilles d'Anna. Pour justifier son absence, il avait annoncé une « soirée de bienfaisance » où il devait se rendre pour redorer son image. Il avait menti, comme rarement en quinze ans de vie conjugale ; mais il n'en éprouvait aucune culpabilité et prolongea la soirée jusqu'à 1 heure du matin, autour d'un plateau d'huîtres. Lorsqu'il raccompagna Daisy à la station de taxis, ils se serrèrent l'un contre l'autre, ne laissant aucun doute sur le fait qu'ils étaient amants.

Ils ne l'étaient pas cependant, au plein sens du terme, et Simon demanda à Daisy quand ils passeraient, enfin, toute une nuit ensemble.

— C'est surtout difficile pour vous ! rétorqua la journaliste. Moi, je n'ai jamais voulu me marier, je trouve cela contraignant. Quant à vous, regardez : vous êtes déjà dans le vaudeville !

— Le vaudeville existe depuis la nuit des temps, résista Simon. C'est la richesse du théâtre : les mille intrigues de femmes et de maris trompés ; c'est l'aventure même de l'humanité.

— Ne croyez surtout pas que je veuille vous éloigner de votre épouse ! précisa Daisy.

— Le problème, poursuivit Simon, c'est que les couples d'aujourd'hui veulent croire au grand amour. Ils ont grandi devant *Les Feux de la passion*. Autrefois, ils ne se berçaient pas d'illusions. Après quelques années de mariage, les hommes prenaient des maîtresses et les femmes des amants ; ce qui ne les empêchait pas de rester bons époux.

— Était-ce mieux qu'aujourd'hui ? tempéra Daisy.

— C'était plus naturel et plus simple. De nos jours la tromperie devient impossible. C'est tout de suite le divorce, la pension alimentaire. La prostitution est condamnée. Quant à Internet et sa mine de photos cochonnes, voilà qui sera bientôt également proscrit !

— Pauvres de vous ! renchérit la journaliste.

— Non, puisque vous êtes là ! s'indigna Simon.

Puis il rectifia :

— En tout cas, *depuis* que vous êtes là. Car vous n'êtes pas comme les autres. Regardez, on continue même à se vouvoyer !

— Oui, monsieur, confirma Daisy. Mais alors, au fait : quand me réservez-vous toute une nuit de liberté ?

6

Attente au cabinet

Le rapporteur de la CLP, en costume bleu sombre et cravate lie-de-vin, patientait dans l'antichambre du secrétariat d'État. Sur les cloisons du XVIIIᵉ siècle, chargées de stucs et de dorures, deux grandes toiles bariolées signalaient au visiteur que le ministre aimait la peinture abstraite.

Simon, lui, avait l'impression de revenir plusieurs années en arrière, lorsqu'il sollicitait des rendez-vous pour attirer l'attention. Aujourd'hui, il venait pour qu'on le laisse tranquille et pour qu'on l'oublie. Après trois semaines de crise, Ingrid lui avait enfin obtenu un rendez-vous, en vue de refermer cette pénible affaire. De fait, le scandale était retombé, malgré quelques excités qui sommaient encore le rapporteur de faire ses excuses « aux femmes et aux gays ». Mais les pouvoirs publics avaient d'autres chats à fouetter. Le Grand Dérèglement envahissait l'actualité et le spécialiste des libertés publiques espérait, sur ce sujet crucial, fournir une analyse qui aiderait à passer l'éponge sur son propre cas.

L'heure du rendez-vous était pourtant passée depuis vingt minutes et Simon agitait nerveusement la jambe.

Lors de sa dernière visite au ministère, il n'avait attendu que quinze minutes. Depuis ses jeunes années, il avait appris à mesurer sa progression sociale à l'aune de ce temps d'attente. L'apogée de sa carrière se situait précisément le jour de sa nomination à la tête de la Commission — unique circonstance où un ministre ne l'avait pas fait attendre du tout ! À l'évidence, il se trouvait désormais sur une pente descendante.

Ce matin, partout dans le monde, plusieurs dizaines de milliers d'internautes avaient découvert dans leur courrier de nouvelles indiscrétions qui, bientôt, alimenteraient le marché noir des secrets intimes. Les vices des internautes se négociaient en fonction de leur célébrité. Malgré toutes les protestations en faveur de la confidentialité, les médias exploitaient de plus en plus ouvertement cette aubaine. Chaque jour apportait son lot de faits divers. La veille, le secrétaire adjoint du Trésor américain avait vu éclater au grand jour sa passion des jeux de hasard — une addiction qui occupait l'essentiel de son temps. En France, un imam s'était fait lyncher après la publication de photos d'orgies, où le vin se mêlait à la consommation frénétique de pucelles. Quant aux explications de la catastrophe, elles n'avaient pas progressé d'un pouce et se résumaient à trois hypothèses principales :

1) Une opération de piratage devenue incontrôlable.

2) Une entreprise de logiciels cherchant à semer la panique, avant de mettre sur le marché de nouveaux systèmes de protection.

3) Un véritable dérèglement.

Rien, cependant, ne permettait d'étayer telle ou telle piste, si bien que Simon s'en tenait à la position défendue auprès d'Ingrid au téléphone. L'État devait proclamer l'*illégalité* des sources privées, sanctionner toute révélation et interdire toute poursuite sur les bases de ces révélations. Qu'il s'agisse de divorces, de malversations financières, d'attentat à la pudeur, *il ne devait y avoir aucune exception*. Au contraire, la gravité de l'heure devait conduire à réaffirmer la primauté de la liberté individuelle et de la vie privée. Chaque jour à son bureau, le rapporteur rédigeait note sur note, assumant ses responsabilités avec un sérieux qu'on ne lui avait pas connu au cours des précédents mois. Sauf que ces notes demeuraient dans son ordinateur tandis que Simon, condamné au silence, brûlait de se rendre utile.

Vingt-cinq minutes après l'heure prévue, un huissier s'avança enfin. Soulagé d'approcher du but, le visiteur fut toutefois surpris quand le préposé lui demanda :

— Par sécurité, je vous prie de me passer votre téléphone. C'est une consigne de M. le secrétaire d'État, pour éviter les indiscrétions. Avec les événements actuels...

Simon toisa l'huissier. Ces mesures de prudence le visaient-elles en particulier ? Il tendit l'appareil en plaisantant :

— Le secrétaire d'État croit-il vraiment que je vais tenter de l'espionner ?

L'huissier impassible avança vers la haute porte lambrissée. Simon éprouva alors une nouvelle surprise en

entendant résonner, de l'autre côté, une sourde pulsa-
tion de rock métal. Il adressa au préposé un regard interrogatif. Mais celui-ci se contenta de pousser le double
battant, découvrant l'immense bureau plongé dans l'obs-
curité, tous volets fermés. Seule une lampe de travail diffusait une faible lueur tandis qu'un son tonitruant de
guitare et de batterie résonnait entre les murs.

Le visiteur hésita un instant. Cette curieuse mise en
scène recouvrait maints détails apparemment normaux.
Dans le vacarme et la pénombre, le secrétaire d'État
demeurait assis derrière son bureau, occupé à signer des
parapheurs. Présente à ses côtés, Ingrid s'était levée pour
accueillir Simon, au moment où les instruments lançaient
une salve d'accords électriques dans les enceintes posées
sur deux consoles. Petite taille, cheveux courts, jupe et
veste en cuir, la conseillère avait l'énergie et la rapidité
des femmes de pouvoir. Répondant au regard inquiet de
Simon, elle s'écria :

— Le secrétaire d'État va t'expliquer.

Simon fit alors quelques pas vers le bureau. L'élu de
la République se leva, lui serra la main, et prit une voix
tonitruante pour se faire entendre :

— DEUX COLLÈGUES SE SONT FAIT PIÉGER LORS
DE CONVERSATIONS PRIVÉES... LE « GRAND DÉRÈ-
GLEMENT » NOUS POUSSE À LA MÉFIANCE !

Il montra les enceintes en précisant :

— LA MUSIQUE TOURNE TOUJOURS PENDANT
MES RENDEZ-VOUS. COMME ÇA, ON NE PEUT PAS
ENREGISTRER MES PROPOS !

Puis il désigna la lampe de chevet posée sur son
bureau :

— ET JE TRAVAILLE DANS L'OMBRE À CAUSE DES PHOTOS INDISCRÈTES.

Ingrid et Simon s'assirent face au bureau ministériel, un meuble en matière plastique entièrement transparent. Sous son visage bronzé et sa chevelure d'ébène, ce quadragénaire entré jeune en politique avait lui aussi l'apparence d'un corps *design*. En présence de Simon Laroche, le secrétaire d'État voulait toutefois montrer une certaine hauteur intellectuelle. Peut-être avait-il déjà pris sa décision, mais il savait que son interlocuteur chapeautait une commission d'éthique censée lui délivrer de précieux conseils. Tout se passait entre gens bien élevés, quand bien même la musique obligeait à hausser le ton :

— CHER SIMON…

Hurlée de telle façon, la formule de politesse sonnait bizarrement. Mais l'homme poursuivit :

— AVANT D'EN VENIR À L'AFFAIRE QUI NOUS IMPACTE, J'AIMERAIS CONNAÎTRE VOTRE SENTIMENT SUR CETTE HORRIBLE NEWS !

Simon l'avait déjà remarqué : cet homme — officiellement diplômé d'un « Mastère » de lettres — ne pouvait prononcer une phrase sans un emprunt à l'anglais ou une faute de grammaire. Il reprit en détachant les syllabes :

— À PRO-POS DE CET I-MAM !

Il faisait référence au lynchage de Lyon. Simon répondit sans hésiter :

— Pour ma part, comme Ingrid a dû vous le dire, je m'en tiens à une ligne de stricte protection de la vie privée…

— COMMENT ? demanda l'homme d'État, qui n'avait pas tout compris.

Simon jeta un air désespéré vers les enceintes avant d'articuler plus lentement chaque mot :

— Les diffusions d'informations CON-FI-DEN-TIELLES sont IL-LÉ-GALES ; et il est également DÉ-LIC-TU-EUX de les U-TI-LI-SER à quelque fin que ce soit...

Le secrétaire d'État opina du chef, puis demanda :

— VOUS AVEZ BIEN DONNÉ VOTRE TÉLÉPHONE ?

— Certainement, répondit le visiteur.

Son hôte saisit alors une télécommande et pointa la chaîne hifi pour baisser le son en marmonnant :

— Bon, je vous fais confiance. On ne s'entend pas !

Il reprit alors plus sereinement :

— Comme vous le savez, votre point de vue n'est pas partagé par tout le monde. Certains milieux militants, les féministes, mais aussi les religieux traditionalistes regardent cette catastrophe comme un challenge : une occasion d'avancer vers la transparence.

Ingrid prit la parole :

— Si je peux me permettre, monsieur le Secrétaire...

Jouant son rôle d'avocate, elle voulait en venir aux faits :

— C'est exactement la raison pour laquelle certaines personnes en veulent tellement à Simon. En le harcelant pour une phrase maladroite, elles lui font payer ses positions intransigeantes sur la vie privée.

— De toute façon, reprit Simon, l'idéal de transparence est une folie. Aujourd'hui, chacune de nos activités passe par les réseaux numériques, y compris les simples conversations téléphoniques. Si on accepte cette logique, c'est *toute notre vie* qui se retrouvera sur la place publique !

— J'en sais quelque chose, concéda le secrétaire d'État. Je ne peux plus dire une phrase sans craindre la gaffe. Je dois gérer chaque mot. C'est dire si je vous comprends.

Simon n'espérait pas une telle solidarité. L'illusion fut de courte durée :

— Mais, qu'on le veuille ou non, nous sommes dans une démocratie d'opinion, et certaines polémiques nous dépassent. Mon job est de calmer le jeu.

Ingrid regarda son camarade, un peu gênée :

— C'est pourquoi, cher Simon… Nous pensons que tu dois présenter tes excuses. Et sans ambiguïté !

Simon enchaîna d'une voix morne :

— Pour une phrase mal interprétée ? Prononcée hors antenne ? C'est donc moi le coupable, et non celui qui a frauduleusement mis en ligne cet enregistrement ?

— Nous n'avons pas le choix. Il s'agit de la cause des femmes !

— Pourtant, cette affaire est en train de retomber.

L'homme d'État prit un ton soudain autoritaire :

— Écoutez, Simon, les choses sont simples : soit vous présentez vos excuses, soit vous démissionnez. Je sais bien qu'aujourd'hui, les gens ont la tête ailleurs ; mais vos ennemis ne vous lâcheront pas. Quand ce genre d'affaire s'emballe, elle vous rattrape toujours au final.

Les choses étaient dites. Toute sa vie, quoi qu'il fasse, Simon porterait sa phrase en bandoulière : « La cause des femmes ! La cause des gays ! J'en ai marre de ces agités… » Il prit encore le temps de la réflexion avant de répondre :

— Je comprends votre point de vue, monsieur le secrétaire d'État ; et je suis conscient de vous avoir mis en difficulté, même si c'était involontaire. Mais réfléchissez bien à cette suggestion, qui vaut pour mon affaire comme pour toutes les autres : refuser toute forme de justification... quand bien même vous passeriez vos journées à tenir en privé des propos immoraux, ou à surfer sur des sites louches.

— Je vous en prie, Laroche !

— D'autres, pourtant, s'y sont fait prendre. On les a exclus de leur parti pour un mot de travers ; et la pression ne va cesser de s'aggraver. C'est pourquoi il faut se montrer inébranlable : la seule chose qui compte, pour un personnage public, c'est son action publique. Ne pas s'excuser, rejeter cette pression obscène des indiscrétions.

L'autre n'écoutait plus. Il regardait son interlocuteur, impassible ; puis il saisit la commande et remonta le son, laissant Simon terminer sa démonstration sur fond d'AC/DC, tandis qu'Ingrid hurlait un ultime argument :

— IL ME SEMBLE, MONSIEUR, QUE CETTE PISTE, CONFORME AUX RECOMMANDATIONS DE L'ONU, POURRAIT SERVIR DE MODÈLE DANS D'AUTRES PAYS.

Elle touchait la fibre de la grandeur nationale, mais le secrétaire d'État demeurait silencieux. Enfin, il baissa de nouveau la musique et conclut sur le ton de la confidence :

— Ce n'est pas de gaieté de cœur, mais ma décision est prise. Je suis obligé d'être prudent. Vous savez, ce n'est plus tellement drôle d'être au pouvoir. Plus d'appartements de fonction ; des voitures minables pour vivre comme tout le monde ; faire semblant de travailler

pendant les vacances ; et surveiller chacun de ses mots…
Alors vous pensez bien que je vous comprends. Sauf
qu'on doit vivre avec son temps, sans s'accrocher à des
chimères. Alors, cher Simon, nous n'avons pas d'autre
opportunité : soit vous présentez vos excuses dans les pro-
chains jours, soit on vous remplace. Maintenant, laissez-
moi, j'ai du travail.

Simon raccompagna Ingrid jusqu'à son bureau où,
déjà, elle se pliait à la décision de son supérieur :

— Il faut rédiger ton communiqué d'excuses. C'est
comme chez le dentiste : juste un mauvais moment à
passer !

Son ami la regarda sans réagir. Il la remercia pour son
aide, mais il ne se sentait pas prêt à s'humilier publiquement. Il allait donc, selon toute vraisemblance, perdre un
poste enviable et toute sorte d'avantages ; puis il perdrait
sa femme et l'estime de ses proches, avant de connaître
des difficultés d'argent. Pourtant, il se sentait curieuse-
ment léger. Dans la rue, les marronniers roses avaient un
air de fête et Simon marcha devant lui, au hasard. Il s'assit
dans un square où il observa quelques personnages qui
prenaient le soleil et nourrissaient des oiseaux. Enfin,
regardant l'heure, il s'avisa que son rendez-vous avec
Daisy approchait, et que rien d'autre ne comptait puisqu'il était amoureux.

7

Natacha

L'hôtel Frédéric se cachait au fond d'un passage. Le chantier de rénovation d'un grand magasin dissimulait l'entrée, si bien qu'il fallait passer à la sauvette sous les échafaudages pour s'enfoncer dans ce couloir hors du temps.

Depuis son premier rendez-vous avec Daisy, au café indien, Simon arpentait les rues couvertes. Elles dessinaient des itinéraires inconnus à la plupart des citadins, qu'il prenait goût à répertorier. Il avait cependant un faible pour ce « passage de l'Horloge » avec son sol de marbre à motifs géométriques, sa boutique de porcelaine, son bouquiniste et cette pendule suspendue qui lui donnait son nom. Mais, surtout, il était tombé en adoration devant le petit hôtel niché au fond de la galerie : une véritable maison à l'intérieur de ce monde clos, protégé par les verrières d'une lumière trop crue. Trois marches conduisaient au vestibule aménagé derrière la vitrine : un salon meublé d'un piano et de quelques fauteuils. Au fond, un escalier en colimaçon grimpait vers la réception. Tout cela produisait un délicieux mystère ; si bien qu'un jour Simon s'était décidé à entrer. Il avait visité quelques chambres au charme désuet; puis il avait décidé que l'hôtel Frédéric serait son nid d'amour.

La veille, enfin, il avait téléphoné pour réserver une des chambres du premier étage. Tout juste avait-il marqué un brin de surprise quand la réceptionniste avait demandé:

— Puis-je vous demander le motif de votre séjour? C'est pour nos statistiques.

Trouvant la question indiscrète, Simon s'était contenté d'un:

— Je suis de passage pour affaires.

La téléphoniste, imperturbable, avait suivi sa liste de questions:

— Voulez-vous un accueil personnalisé?

— Qu'entendez-vous par là?

— Eh bien, contre un supplément, nous vous accueillons avec une corbeille de fruits, une demi-bouteille de champagne, et vous pouvez occuper la chambre jusqu'à 14 heures au lieu de 11 heures.

Simon, pour le coup, avait trouvé la proposition bienvenue. Il avait donné son numéro de carte de crédit et appelé Daisy pour confirmer le programme du lendemain: un dîner au restaurant, après quoi il l'entraînerait dans un endroit choisi spécialement pour elle. La journaliste avait paru enchantée. Depuis leurs retrouvailles dans le train, rien n'était allé trop vite: quelques regards, puis quelques effleurements, quelques étreintes puis quelques baisers. Ils se vouvoyaient toujours. Simon, à présent, mettait en scène leur nuit d'amour.

Il la retrouva juste après son rendez-vous avec le

secrétaire d'État. Pour minimiser ses ennuis, il dépeignit avec drôlerie ce personnage enfermé dans sa forteresse. En conclusion, Simon refusait toujours de s'excuser ; mais Daisy, soudain sérieuse, l'invita à réfléchir davantage :

— Vous sauvez votre dignité, peut-être. Mais vous perdez votre argent, votre poste, votre position. Ce n'est pas raisonnable.

Comme il soupirait, elle insista :

— L'honneur que vous défendez a-t-il un sens pour les autres ? Faut-il risquer de si fâcheuses conséquences pour une attitude noble dont tout le monde se fiche ?

— Pour moi, c'est important. Et vis-à-vis de vous, aussi…

Daisy sourit, compréhensive, avant d'aborder sans transition un autre sujet :

— À propos, que pensez-vous de ces deux dingos ?

Simon la dévisagea, interrogatif, tandis qu'elle précisait :

— Oui, vous savez : Red et Darius, ces deux gosses de banlieue et leur mouvement « Nous, en tant qu'hommes ! ». En voilà qui se moquent de l'air du temps.

Simon avait entrevu quelques articles sur ce phénomène, parti d'un blog d'adolescents. Mais il avait prêté foi aux commentaires qui dénonçaient une provocation de mauvais goût :

— Ne mélangeons pas tout, je suis un progressiste ! s'exclama-t-il avec l'accent de la vertu outragée.

Daisy le regarda, un brin moqueuse, tandis qu'il expliquait :

— Je ne combats pas la modernité, mais ses excès. Ce

n'est pas parce que j'ai ironisé — *hors antenne* — sur certaines féministes survoltées que je suis un ennemi des femmes, prêt à rejoindre le combat des beaufs.

La journaliste faisait moins de manières :

— N'empêche qu'elles ne sont pas vos amies et qu'elles réclament votre limogeage ! Moi, je les trouve plutôt amusants, ces deux trublions.

Rien n'y faisait, Simon, au bord de la démission, se rattachait à la respectabilité d'un haut fonctionnaire. Tout juste concéda-t-il :

— Je regarderai de plus près.

Ils débarquèrent ainsi, à 11 heures passées, dans ce passage de l'Horloge où Daisy n'était pas venue depuis des années. Tout juste se rappelait-elle la façade du petit hôtel qui l'avait fait rêver, elle aussi. Traversant le vestibule, elle effleura le piano où était posée une partition de Chopin, puis elle suivit son amoureux dans l'escalier en colimaçon. Quand ils arrivèrent à l'étage, et s'adressèrent à la réception en se tenant la main, on aurait cru deux adolescents qui vont découvrir l'amour.

Leur chambre semblait sortie d'un intérieur Empire avec ses tissus à rayures et ses rideaux brodés de couronnes de laurier. Daisy admira sur la cheminée la pendule et ses personnages en ivoire. Puis ils accomplirent ensemble ce modeste rêve : ouvrir la fenêtre sur le passage ; contempler l'enfilade des boutiques, le sol de marbre aux motifs noirs et blancs ; se pencher sur cette ruelle protégée du monde — à l'exception des deux ou trois passants qui s'y égaraient encore avant la fermeture des grilles, à minuit.

Se retournant vers la chambre, ils apprécièrent

l'« accueil personnalisé » : la corbeille de fruits et le seau à champagne posés sur une console. Le service était parfait. Un grand écran plat bourdonnait discrètement renvoyant aux deux tourtereaux un fond coloré sur lequel était inscrit « Bienvenue, Simon Laroche ». Celui-ci regretta presque de n'avoir pas donné le nom de sa compagne, qui aurait également figuré dans le cadre ; mais elle aurait pu trouver le geste indiscret. Ce détail n'avait pas trop d'importance, et Simon, saisissant la télécommande, pointa la flèche, en bas de l'écran, pour lire la suite du message d'accueil.

À l'instant même apparut une image obscène. Luisante et presque huileuse, une couleur rosée de peau humaine recouvrit la surface du téléviseur. Simultanément, des soupirs langoureux puis des gémissements sortirent des enceintes de l'appareil et la vision se précisa. Entièrement nue dans l'intimité d'une datcha, les jambes écartées, une main sur son sexe, l'autre glissant entre ses seins, une très jeune fille blonde regardait fixement vers l'objectif, et sa voix prononça en roulant les « r » avec un accent slave :

— Bonjourrr, Simon. Tu me rrreconnais ?

Bien sûr qu'il l'avait reconnue ! C'était Natacha, sa poupée russe favorite... Sauf qu'il ne s'agissait plus d'une photo sur l'ordinateur, mais d'un être animé s'adressant à lui :

— Oui, c'est moi, ta Natacha, et on va passer un bon moment tous les deux !

Sur ces mots elle poussa un nouveau gémissement, tandis que Simon demeurait tétanisé, comme dans ces cauchemars où une menace vous empêche de fuir. Près de lui, Daisy écarquillait les yeux, sans comprendre, elle non plus… à moins que son amant n'ait imaginé cette mise en scène. Elle demanda d'une voix qui se voulait légère :

— De quoi s'agit-il, mon cher Simon ?

Toujours immobile, le rapporteur de la CLP bafouillait :

— Ce doit être une erreur.

Se tournant vers Daisy, il implora :

— Vous n'en croyez rien, j'espère…

La question, cependant, n'était pas de croire mais de voir. Cherchant à réagir, Simon s'avança pour faire écran entre Daisy et Natacha qui continuait à gémir :

— Allez, désape-toi, petit saligot !

La journaliste s'efforçait de mettre son amant à l'aise :

— Non, non, je n'en crois rien. Mais vous avez peut-être vos habitudes ici… pour vos nuits de célibataire.

— Pas du tout ! s'écria-t-il, indigné.

— J'essaie juste de trouver une explication, conclut-elle avec une expression tendre.

— C'est sûrement leur « accueil personnalisé », répondit Simon. J'ai eu tort de dire que j'étais un homme d'affaires, de passage. Et ils ont balancé des images obscènes.

Daisy le regarda dans les yeux. Puis elle reprit avec une pointe d'ironie :

— Donc vous n'aimez pas spécialement ce genre de jeune blonde vulgaire !

De fait, elle était brune et plutôt distinguée. Mais comment avouer que l'autre n'était qu'un fantasme ?

Natacha, derrière eux, continuait à s'exprimer avec des élans tragiques censés prouver son origine russe (mais s'agissait-il de sa vraie voix ?) :

— Ne me fais pas attendrrre, je suis toute mouillée !

— Assez, cria Simon qui tendit enfin, maladroitement, la télécommande et parvint à éteindre l'écran.

Puis il s'écria :

— Les gens de cet hôtel vont entendre parler de moi.

Daisy proposa une autre explication :

— Ce n'est peut-être pas leur faute. Tout peut arriver avec ce « dérèglement ».

C'était gentil de sa part. Mais Simon, pressé d'y voir clair, composa le numéro de la réception et se lança sur un ton furieux :

— C'est quoi, cette horreur, sur l'écran ?

— Je ne sais pas, monsieur, s'étonna l'hôtesse.

Puis elle ajouta, d'une voix posée :

— Le service « accueil » est automatisé pour des raisons de confidentialité. Votre numéro de carte de crédit permet de retrouver sur le Net les éléments d'un message personnel qui est directement envoyé à votre chambre. Nous n'avons jamais eu de plainte !

— Un message personnel ? Vous allez bientôt en recevoir un. De mon avocat ! s'écria Simon, avant de raccrocher.

Il se retourna, piteux, vers Daisy qui ne put s'empêcher de rire :

— Un message personnel ? C'est ce qu'ils ont dit ? Écoutez, Simon, je me moque de savoir d'où vient cette… Natacha. Ces indiscrétions ne m'intéressent pas.

Il baissait la tête comme un chien battu :

— Ce ne sont pas des indiscrétions. C'est n'importe quoi !

— Justement. Passons à autre chose.

À ces mots, elle se serra contre lui, et le rapporteur comprit qu'elle ne mentait pas. Depuis leur première rencontre, ils s'étaient accordés sur le droit au secret. Face au manifeste de « Nous, en tant que femmes ! », ils privilégiaient la vie privée — fût-elle un peu scabreuse. Pressé d'oublier les images de Natacha, Simon se serra plus fort et commença à caresser Daisy. Le moment semblait venu ; mais ses pensées flottaient ailleurs, comme celles d'un homme humilié, d'un mâle occidental responsable et coupable. Cherchant à l'encourager, Daisy, comme dans un jeu, prit alors l'accent slave et prononça en roulant le « r » :

— Prrrends-moi !

Aussitôt, Simon revit sa poupée russe, effrayante, obscène, et laissa retomber les bras en murmurant :

— Désolé, Daisy, mais je ne vais pas y arriver.

— Ça n'est pas grave, murmura la journaliste.

Il aurait suffi d'attendre encore un peu. Mais Simon semblait vouloir précipiter sa retraite :

— Franchement, je ne me sens pas bien. Je pense qu'il serait mieux de nous retrouver un autre jour. Je vais vous accompagner au taxi.

Elle tenait toujours sa main dans la sienne, tandis qu'il bafouillait :

— Je vous aime, comme je n'ai pas aimé depuis si longtemps… Je voulais que tout soit parfait. Ces images m'ont complètement perturbé.

— Je comprends ! dit-elle.

Puis elle déposa un baiser sur sa bouche.

Elle n'insista pas davantage, et ils regagnèrent la sortie du passage. Mais à peine le taxi s'éloigna-t-il que Simon regretta de l'avoir laissée partir. Ils auraient pu tout rattraper plus tard dans la nuit. Pourquoi se montrer si maladroit au moment où le bonheur semblait possible ?

Il devait maintenant regagner l'hôtel, car le scénario concocté pour son épouse lui interdisait de rentrer chez lui avant le lendemain soir. Seul dans la chambre de ses amours gâchées, il retrouva la corbeille de fruits, la demi-bouteille de champagne, le grand lit vide. Le téléviseur, surtout, le regardait avec tant d'insolence qu'il finit par le rallumer pour en avoir le cœur net. Sur l'écran apparut à nouveau la silhouette de Natacha, répertoriée sur son compte Internet, recoupée avec son numéro de carte de crédit, mise en scène dans un montage personnalisé censé offrir un accompagnement érotique à ses soirées de célibataire. S'agissait-il vraiment d'un dérèglement ? Elle était là, toute nue, le doigt dans la bouche, prête pour le plaisir :

— Je te sens chaud, maintenant, Simon ; je vais te finirrr !

8

Le dimanche, on sourit

Simon n'avait pas fermé l'œil de la nuit ; puis il avait fini par s'écrouler au petit matin. Quand il se réveilla, vers midi, l'activité bruyante du passage de l'Horloge s'élevait jusqu'à lui. Sa première pensée fut pour Daisy. Il composa son numéro, puis raccrocha presque aussitôt en songeant que des excuses supplémentaires seraient maladroites. S'il voulait conserver la moindre chance, il faudrait y mettre suffisamment de tact, d'humour et de détachement. Il ne fit pas non plus scandale à la réception de l'hôtel, craignant de mettre au jour d'autres informations confidentielles accessibles à partir du numéro de sa carte de crédit.

Il se contenta donc de rendre la clé, puis regagna le passage, costume fripé, chevelure défaite, et s'avança parmi les badauds qui contemplaient les vitrines. Pour lui, le charme ne s'exerçait plus. Le magasin de porcelaines et la boutique d'estampes le laissèrent indifférent. Sans hésiter, il prit le chemin de son bureau où il comptait patienter avant de rentrer chez lui.

Le Palais national se situait de l'autre côté de la vieille ville. Simon avait toujours aimé ce quartier aux noms pittoresques : rue du Coq, rue des Fariniers, rue Coupe-Gorge. On n'y trouvait plus ni coq, ni fariniers, ni coupeurs de gorges, mais quantité de bistrots, d'épiceries, de studios de danse, de cinémas d'art et d'essai, de librairies spécialisées. Une nouvelle invasion progressait toutefois, ici comme ailleurs : celle des marques de vêtements, de lunettes noires, de sacs à main, qui avaient racheté la moitié des pas-de-porte. À l'entrée de la rue des Bourgeois-Bataves, une barrière métallique fermait la circulation, recouverte d'une banderole :

Dimanche, jour sans voitures

Quelques années plus tôt, le rapporteur de la CLP regardait l'automobile comme une plaie. Aujourd'hui, les pouvoirs municipaux favorisaient la bicyclette, le tramway et même les trains pour touristes qui transformaient le quartier historique en parc de loisirs. Et Simon Laroche, encore groggy, trouvait cette vision détestable. Il haïssait ces mesures qui retiraient à la ville son allure active, affairée, laborieuse. De part et d'autre de la barrière métallique, deux agents municipaux lui renvoyaient le slogan imprimé sur leur T-shirt :

Le dimanche, on sourit !

Derrière eux, la rue des Bourgeois-Bataves était noire de monde. Une foule de piétons, de poussettes, de vélos, de trottinettes, de rollers et de fauteuils roulants, occupait la chaussée et les trottoirs. Les corps marchaient, glissaient, téléphonaient, en passant devant les boutiques où se vendait une marchandise variée et monotone : des pantalons Boys and Girls des vestes Hello Fun, des caleçons Friends, des robes Loli et Lola, des jeans Texas, et quantité d'autres fabriqués en Asie et marqués de noms anglais. Occupant les plus grands espaces, des enseignes mieux connues invitaient à porter des lunettes Ray-Ban, des casquettes Nike, des T-shirts Gap, des costumes Zara, des chaussures Adidas. Derrière les vitrines impeccablement mises en scène, les vendeurs semblaient sortis d'un casting.

Simon éprouva alors cette impression très nette, déjà ressentie quelques semaines plus tôt lors d'un déplacement en province : il ne marchait pas dans une ville, mais dans un hypermarché à ciel ouvert. Quelques firmes mondiales possédaient désormais les quartiers centraux. Les trottoirs se réduisaient à une succession de sigles — toujours les mêmes, d'une ville à l'autre. Au-dessus des allées du grand magasin, les tourelles d'un vieux palais scintillaient sous le soleil ; mais ce monument blanchi et rénové avait lui-même quelque chose de factice. Au carrefour suivant, la poissonnerie La Belle Marée, avec ses mosaïques de pêcheurs, hébergeait une boutique de smartphones. Le cinéma des années cinquante abritait une salle de fitness. La petite épicerie du square, sous sa devanture intacte, s'était transformée en magasin d'huiles essentielles. Le vieux monde était là, partout, comme un décor abritant un monde entièrement nouveau. Et Simon, dans cette rue pleine de faux-semblants, se voyait lui-même comme un personnage ancien, perdu dans une foule étrangère.

Quand un cycliste, ondulant entre les marcheurs, frôla son épaule et manqua de le renverser, le rapporteur des

Libertés publiques s'écria : « pauvre con » ; mais l'autre retourna son visage de jeune homme souriant qui semblait lui dire :

— T'énerve pas, pépère, la vie est belle dans une rue sans voitures...

Au même instant, une femme en jogging décocha à Simon une expression radieuse qui semblait le rappeler à l'ordre :

— Le dimanche, on sourit !

Ce n'était plus une ville. Ce n'était plus une vie. Simon, à peine sorti du cauchemar de la veille, avait l'impression d'en traverser un autre. Tous les habitants étaient venus, à la même heure, répondant à l'appel de la mairie, du souriant dimanche, du jour sans voitures et des marques mondiales. Grands et petits, jeunes et vieux, hétéros et gays, femmes voilées et crânes rasés, aucun ne manquait à l'appel. Des jeunes couples poussaient d'énormes poussettes ; d'autres, plus bohèmes, portaient leurs bébés sur le ventre ou sur le dos ; des adolescents filaient sur des planches à roulettes ; et les handicapés doublaient tout le monde dans leurs fauteuils perfectionnés, seuls engins à moteur tolérés en ces rues piétonnières. Grâce aux accès spéciaux conformes aux nouvelles normes, ils s'insinuaient dans les boutiques, pour découvrir les fringues et les lunettes de soleil, qui, même en fauteuil, vous donnent un air sportif.

C'était un progrès, incontestablement. Simon se rappelait, dans sa petite enfance, les gueules cassées des anciennes guerres, pitoyables sur leurs béquilles en bois. Il aurait dû se réjouir de ces nouveaux accès, de ces fauteuils à moteur, de ces paralytiques fiers et libérés, de ce monde affairé et transparent. Or il se demandait pourquoi il éprouvait une impression tout autre : celle de piétiner dans une armée de robots dont il faisait partie, mais où il se sentait étranger.

Nous, en tant qu'hommes !

Les cloches sonnaient midi quand Simon arriva près du Palais national. Muni d'un badge, il pouvait accéder à son bureau le dimanche et comptait y passer l'après-midi. Vers 5 heures, il retrouverait Anna et achèverait cette pitoyable comédie, en affirmant qu'il rentrait d'un séminaire sur le « Grand Dérèglement ». Devant Daisy, il avait paradé en défendant les charmes de la double vie. À présent, il se sentait doublement minable, humilié devant sa maîtresse et contraint de mentir à sa femme. Pourquoi, depuis quelque temps, ses moindres calculs se transformaient-ils en catastrophe ?

Encore groggy, mais affamé, il décida de manger un morceau avant de retrouver son cabinet de travail. Seule une pizzeria était ouverte aux alentours. À l'intérieur, un grand écran diffusait des programmes de sport et de musique. Simon songea que Natacha pourrait apparaître à nouveau, et s'adresser à lui devant tous les convives. Il savait cependant que les catastrophes surviennent par surprise, et se produisent rarement deux fois de la même façon. Il s'assit donc sans trop de crainte et commanda une pizza paysanne ; puis il suivit d'un regard vide les comptes rendus de matchs de football, de courses automobiles et de tournois de tennis.

Après le journal des sports commença une émission de variétés. Simon soufflait sur sa tasse de café brûlant quand il vit entrer sur le plateau deux jeunes gens souriants, apparemment heureux de vivre : un gros rouquin dégingandé affublé d'un pantalon trop large ceinturé au-dessus des genoux, et un bel Oriental, à la silhouette élancée. L'un et l'autre portaient le même T-shirt où l'on pouvait lire l'inscription « Nous, en tant qu'hommes ! ». Un véritable brouhaha s'était répandu dans le public, tandis que l'animateur précisait :

— Je sais bien que leurs idées ne sont pas du goût de tout le monde. Ils mettent les pieds dans le plat, mais au moins ils provoquent le débat ! Je vous demande d'accueillir RED ET DARIUS.

Simon, intrigué, se rappela sa conversation avec Daisy. Devant la caméra, dans une scénographie parfaite, les supporters s'étaient dressés pour applaudir, tandis que les détracteurs leur opposaient sifflets et visages hostiles. Le présentateur haussa la voix pour couvrir le brouhaha :

— Eh oui, beaucoup de femmes sont fâchées. Mais j'en connais aussi qui soutiennent ce mouvement de « résistance masculine », précisa-t-il, la voix goguenarde. C'est bien ce que vous prônez, jeunes gens ? demanda-t-il aux deux invités, qui s'étaient assis à côté de lui.

— Oui, répondit le rouquin. Tout a commencé avec ce manifeste qui voulait interdire le porno et qui commençait par « Nous, en tant que femmes ! ».

Quelques applaudissements, dans le public, semblèrent approuver la revendication féministe. Mais, loin de se démonter, le jeune bellâtre oriental — qui s'appelait Darius — poursuivit :

— Nous on a trouvé ça bizarre. Les femmes passent leur temps à s'exprimer « en tant que femmes »… mais l'idée que les hommes pensent « en tant qu'hommes » leur paraît inadmissible !

Puis, du tac au tac, son comparse rouquin enchaîna :

— Et c'est encore pire depuis le Grand Dérèglement : tous les jours, des hommes sont dénoncés dans la presse comme des salauds, des obsédés, des criminels. On en a marre de se faire humilier.

D'une phrase à l'autre, les sifflets et les applaudissements alternaient. D'un côté, Simon détestait ce spectacle médiatique prêt à vendre n'importe quoi, y compris ces caricatures de machos dressés contre le féminisme. De l'autre côté, comme l'avait souligné Daisy, ces deux gamins ne manquaient pas d'audace. Darius, toujours calme et souriant, insistait :

— À leurs yeux, le sexe masculin n'est que violence et perversité… mais elles lui opposent leur propre volonté de domination.

— Et alors, que prônez-vous ? demanda l'animateur.

— Mettre fin à cette guerre. Nous voulons des hommes épanouis et des femmes heureuses…

— En tout cas, on peut dire que votre chanson fait le buzz ! hurla l'animateur, comme si cette phrase équivalait à un sacrement.

— Quel cirque, songea Simon en soupirant.

Depuis des mois, il s'efforçait d'exprimer un point de vue nuancé sur la guerre des sexes. Il avait déployé d'excellents arguments contre la chasse aux pornographes. Résultat : il se retrouvait au ban de la société pour deux mots de travers. À l'inverse, ces gamins avaient opté pour le show-biz ; leurs propos étaient caricaturaux ; mais ils collaient au langage de l'époque et se retrouvaient à l'honneur.

La musique était lancée et les deux banlieusards se dressèrent, micros en main, pour débiter la chanson-manifeste qui, depuis quinze jours, caracolait en tête du hit-parade. Sur le balancement de la rythmique, le rouquin énonça le premier vers :

Nous, en tant qu'hommes, on veut plus avoir honte...

Puis le grand brun se lança à son tour :

On en a marre que les femmes nous démontent.

Les deux voix alternaient, avec leurs timbres différenciés, celui de Darius plus sombre, celui de Red plus égrillard :

Nous, en tant qu'hommes, un rien nous émoustille,
Autant l'avouer, on aime le cul des filles !

Parfois, Darius adressait au public un sourire gêné, comme pour excuser son complice, avant de reprendre :

En tant qu'hommes, nous n'aimons
Pas vraiment la morale,
Nous préférons bâtir
Que de traquer le mal...

Pourquoi ce message sommaire passait-il, et pas celui de Simon ? Était-il trop subtil ? Sans vouloir se l'avouer, il se sentait jaloux de ces deux chanteurs, tellement à leur aise dans un monde qui ne voulait guère de lui. Sur l'écran, les propositions s'enchaînaient, Red surenchérissant dans le registre lourdingue :

En tant qu'hommes mariés, on aime conduire bourrés...

Darius plus politique :

En tant qu'hommes d'État, on déteste les quotas...

Dans le public, des corps se dressaient, radieux ou furieux, plus encore quand son comparse reprit la parole pour entonner :

En tant qu'hommes, on aime voir
les femmes élever les gosses !

« N'importe quoi ! » songea Simon, fidèle à son féminisme bien tempéré, tandis que le rouquin jetait un clin d'œil malicieux à la caméra :
— Après tout, c'est elles qui les ont voulus !
Derrière lui, l'Oriental rebondissait en rythme :

Nous avons grand besoin d'air, de ciel et de mères...
Mais père ne veut pas dire pension alimentaire...

Message pauvre, rimes pauvres. Cela suffisait, maintenant. Pressé de retrouver sa bibliothèque, Simon dressa la main pour payer l'addition, mais la serveuse elle-même était absorbée par la chanson. Le rapporteur de la CLP insista, soudain pressé :

191

— S'il vous plaît, mademoiselle.

L'employée lui jeta un mauvais regard, qui signifiait : «Je ne suis pas à votre service, et je ne suis pas une demoiselle. » Elle se dirigea très lentement vers la caisse, tandis que, sur l'écran, le grand brun séduisant concluait :

En tant qu'hommes, nous voulons
simplement vous aimer
Et que vous nous aimiez
sans vouloir nous tuer...

À ces mots, la serveuse jeta l'addition sur la table et Simon s'excusa avant de payer.

10

Mort de Simon

L'âge venant, il songeait parfois au suicide. Il en voyait nettement les avantages, comme celui d'échapper aux maladies qui vous rattrapent après la cinquantaine, débouchant sur des traitements pénibles et incertains. Mais la perspective de la mort le rendait également plus sévère pour son époque, comme si une vision négative du présent pouvait l'aider à ne rien regretter le moment venu. Jeune homme, il trouvait désolante l'idée qu'on pût vivre après lui ; d'où sa relative compréhension pour certains monstres — Hitler, Staline... — qui avaient voulu entraîner l'humanité dans leur chute ! Un tel projet dépassait toutefois ses ambitions et Simon, plus simplement, rêvait de proclamer : je vous laisse sans regrets, car votre futur représente tout ce que je déteste. Sa conviction que le monde déclinait ressemblait ainsi à une réaction biologique faite pour aider l'homme vieillissant à supporter sa disparition.

Malheureusement, Simon voyait bien aussi les inconvénients du suicide. Le choix du moyen était une quête déprimante qui, faute de témoignage tangible, nourrissait d'effrayantes appréhensions : l'effet de la corde qui se serre autour du cou, l'appel de la respiration pendant la noyade, l'impression ressentie en s'écrasant sur le sol, l'étreinte brûlante du poison. D'autres détails encore le tourmentaient, comme cette curieuse exigence de *savoir-mourir* ; car il n'imaginait pas de contraindre sa malheureuse épouse à le retrouver dans une baignoire pleine de sang ; ni d'imposer à un conducteur de métro l'image de son corps haché menu ; ce qui éliminait aussi la vilaine balle dans la tempe ou dans la bouche. Restaient certaines méthodes chimiques éprouvées, comme celles qu'on applique aux condamnés à mort, ou dans les centres de suicide agréés dont l'accès demeurait toutefois très difficile.

Parmi les idées qui lui traversèrent l'esprit, ce jour-là, figurait le choix d'un lieu : cette galerie des Indiens où il avait passé ses meilleurs moments avec Daisy. Il aurait aimé s'y éteindre paisiblement, à l'ombre d'un éléphant de plâtre, après avoir glissé la pilule magique dans une tasse de thé. Il songea aux messages qu'il laisserait auparavant sur un coin de son bureau, l'un adressé à ceux qu'il avait aimés (« Merci d'avoir rendu ma vie douce et heureuse. Grâce à vous elle valait la peine d'être vécue, et je m'en vais le cœur léger »), l'autre à ceux qui avaient gâché son existence par leur bêtise ou leur méchanceté (« La joie de vous quitter annule mes derniers regrets »).

Ces projections, toutefois, n'empêchaient pas Simon d'affronter un obstacle plus solide. Car, malgré les soucis qui l'accablaient, les déboires professionnels, son humiliation devant Daisy ; malgré ce monde pitoyable ; malgré l'âge qui venait avec son lot de fatigues ; malgré tout cela et mille autres excellentes raisons d'en finir... il se sentait toujours porté par cet absurde désir de vivre qui se confond avec la vie même et qui lui réservait d'étranges plaisirs : les chants d'oiseaux le matin, l'intrigue d'un bon roman, la saveur d'*Ariane à Naxos*, la douceur de s'endormir contre le corps d'Anna, le rêve de s'éveiller dans les bras de Daisy. Ce goût de l'existence le portait d'un jour à l'autre plus sûrement que les idées noires. Simon aimait la vie et détestait son époque. À l'inverse, beaucoup de ses contemporains adoraient leur époque, croyaient dans l'avenir ; mais ils trouvaient leur sort personnel douloureux, se gavaient d'antidépresseurs et cherchaient une issue chez leur psychanalyste !

Arrivé au bureau désert, il se rappela la recommandation de sa bien-aimée et rédigea enfin ce communiqué d'excuses qui blessait son orgueil mais simplifierait tous ses problèmes. Dans une bouffée d'optimisme, il songea que rien n'était encore perdu. Malgré la catastrophe, tout allait « pour le mieux dans le meilleur des mondes possibles », comme l'affirmait Pangloss à Candide.

Pressé de retrouver le volume de Voltaire dans les hauteurs de sa bibliothèque, il grimpa sur une chaise et tendit la main. Mais au moment où il saisissait le livre, la chaise vacilla. Dans un effort malencontreux pour se redresser, Simon s'effondra et son crâne heurta le coin de la table basse. Pendant quelques minutes encore, son corps mi-conscient se traîna sur le sol, avant de s'immobiliser. C'est ainsi que son assistante le trouva, le lundi matin, son volume de *Candide* à côté de lui.

Cette mort prématurée fit l'objet de quelques lignes dans la presse, rappelant la carrière du rapporteur de la CLP, entachée ces derniers mois par sa malheureuse déclaration. Daisy éprouva une réelle tristesse… puis songea que cet homme ne semblait pas fait pour le bonheur. Des années plus tard, Tristan regretta de n'avoir pas mieux connu son père, mais il conserva de son accident l'idée que les livres étaient des objets dangereux.

La disparition de Simon Laroche ne lui permit pas non plus de connaître la fin du Grand Dérèglement. Celle-ci survint pourtant la semaine suivante, lorsqu'un groupe d'internautes, muni de preuves incontestables, démontra que tout avait commencé par une manipulation de la NSA. Le cinéma populaire a souvent exploité le thème du virus incontrôlable, fabriqué par l'armée et diffusé par erreur dans la population. Or d'autres recherches dangereuses se déroulaient depuis des années dans le domaine virtuel, visant à compromettre des cibles précises. Elles avaient conduit l'élite des chercheurs à puiser dans la mémoire du Web des archives gênantes pour la plupart des citoyens. Sauf que l'arme fatale, dépassant ceux qui l'avaient conçue, s'était mise en action de façon incontrôlable. Les autorités de Washington commencèrent par nier. Face à l'afflux de preuves, elles menacèrent de sanctions ceux qui avaient trahi les sources secrètes. Enfin, sous le poids de l'émotion mondiale, elles promirent de tout faire pour chercher une solution, en jurant sur la Bible qu'elles ne recommenceraient plus. Quinze jours plus tard, une salve d'informations sur la montée de l'autoritarisme en Russie détournèrent l'attention et soudèrent l'Occident contre la menace venue de l'Est.

V

Un train d'enfer

Dans l'attente d'une décision, je supposais que mon séjour ici pourrait se prolonger indéfiniment. Je commençais à aimer cette ambiance d'aérogare où je déambulais à nouveau depuis mon rendez-vous avec saint Pierre. Persuadé de bénéficier d'une protection particulière, je ne m'inquiétais plus guère du jugement du Très-Haut. Confiant dans ma débrouillardise («mon sens de l'entourloupe», auraient dit mes détracteurs), je réfléchissais plutôt au moyen d'obtenir certains avantages, spécialement l'accès aux salons VIP. Dans ce but, j'avais fait savoir au personnel de surveillance que le fondateur de l'Église romaine m'avait reçu en personne. Bref, je me sentais de plus en plus à l'aise. D'ailleurs, l'idée de retrouver ma mère au bord d'une piscine, puis de poireauter jusqu'à la fin des temps dans un palace vulgaire, ne me disait rien qui vaille. Ce que j'avais entrevu du paradis me laissait préférer la sorte de purgatoire où je me trouvais. C'est alors que la réalité m'a rattrapé sans manières.

J'allais prendre mon café à la brasserie du Grand Départ quand j'ai aperçu, assis à une table, la silhouette

199

de Derek Rubinstein, l'homme qui s'était présenté le premier jour comme mon avocat. Je dis « présenté », car il n'avait strictement rien fait depuis cette date, ni tenu son engagement de me revoir. Je le croyais donc dessaisi de l'affaire au profit des autorités supérieures qui gravitaient dans l'entourage de saint Pierre. Celles-ci, pourtant, ne se manifestaient guère, et Rubinstein choisissait ce moment pour réapparaître. Il compulsait un épais dossier, et j'ignorais s'il se trouvait ici par hasard ou s'il était venu à ma rencontre. Comme je m'approchais pour le saluer, il prononça sans relever la tête :

— Ah, enfin : vous voilà !

Puis il me regarda avec une expression gênée, comme s'il avait honte de sa négligence. Ma nature débonnaire s'empressa de le rassurer :

— Ne vous inquiétez pas, maître, nous sommes tous très occupés.

Il me remercia d'un hochement de tête, puis se montra de nouveau embarrassé. Supposant qu'il ignorait l'évolution brillante de ma situation, je ne pus m'empêcher de lâcher, avec une vanité presque enfantine :

— Vous ignorez probablement que j'ai rencontré le Grand Saint Pierre !

Je pensais l'impressionner. Il se contenta de soupirer :

— Cet escroc ! Il vous a fait le coup de la porte qui tremble !

À ces mots, mon assurance retomba en bloc. Un simple avocat pouvait-il se moquer du chef des apôtres ? Cherchait-il à m'humilier et à se mettre en valeur en dénigrant mes succès personnels ? Agacé, je préférai le ramener à la réalité en demandant, sur le ton d'un client pressé :

— Alors, vous avez du nouveau ?

Rubinstein plongea dans ses papiers, tout en marmonnant :

— En fait, je suis venu vous dire que ce n'est plus de mon ressort. Je dois transmettre votre dossier au service compétent.

Comme je le pensais, on lui avait retiré l'affaire. C'est pourquoi il déblatérait sur saint Pierre. Ce baveux aurait préféré me laisser dans l'ignorance pendant des mois plutôt que de me voir rejoindre le circuit des clients privilégiés. Tel un pauvre gratte-papier, il avait saisi un formulaire et le tourna vers moi en précisant :

— Petite formalité administrative. Je vais vous demander de signer là.

Il me tendait un stylo et pointait le doigt en bas de la page, sans autre précision.

Pressé de régler ces détails, j'apposai mon paraphe. Après quoi Derek Rubinstein, sans perdre de temps, remballa le dossier dans sa serviette, puis prononça :

— Maintenant, si vous voulez bien, je vais vous demander de me suivre. Pour passer le relais à mon… successeur !

Voilà qui devait être affreusement vexant. Mais ces décisions me dépassaient, et je commençai à le suivre dans le dédale des couloirs. Quelque chose, toutefois, semblait le préoccuper davantage. Je le sentis bien quand, soudain plein d'empathie, il rompit le silence pour me demander :

— Et votre maman, vous avez eu le temps de la revoir ?

Il n'allait pas s'y mettre, lui aussi. Cherchait-il à

meubler le silence ? Sans même répondre à sa question, je préférai lui tirer les vers du nez :

— Dites-moi, maître, où en est la procédure, exactement ? Je pars bientôt ?

Sans un mot, Rubinstein tourna encore à gauche, puis s'enfonça dans un couloir de service avant de s'immobiliser devant une porte. Alors il me dévisagea gravement et prononça :

— J'ai fait de mon mieux, croyez-moi. Mais les choses ne sont plus de mon ressort.

Il sortit son badge électronique et l'approcha de la porte qui s'ouvrit ; puis il me fit signe d'entrer en prononçant :

— Bonne chance, mon vieux !

Ce fut le dernier mot que j'entendis de sa bouche.

La porte se referma et je me retrouvai à l'intérieur du local devant un guichet semblable en tout point à ceux de mes premiers entretiens. La procédure semblait parvenue à sa conclusion ; et je ne doutais pas qu'une évaluation raisonnable de mes mérites, puis l'intervention du premier des apôtres, eussent débouché sur cette procédure accélérée, en vue de m'accorder la félicité définitive. Je devais accepter cette conclusion comme une faveur, quand bien même j'aurais volontiers traîné dans l'incertitude du monde transitoire.

Tout en m'approchant du guichet, j'ai regardé l'affiche accrochée au mur et ses îlots pour nouveaux riches, aussi réjouissants qu'une publicité immobilière pour Dubaï. Puis j'ai songé que, là-bas aussi, j'arriverais à m'adapter, à imposer mon style et à m'organiser une agréable petite vie éternelle. Je me suis assis face à la préposée, une jeune femme s'exprimant en anglais comme les hôtesses du premier jour. Elle a demandé mon numéro d'identification, noté sur un bout de papier. Après avoir tapé les vingt-sept chiffres, elle a commencé à tapoter sur son clavier, puis elle a décliné mon identité que j'ai confirmée. Enfin, après quelques secondes de silence, elle a fixé sur moi un regard plus intense encore que celui de Rubinstein, exprimant une pitié inhabituelle en ces lieux. Puis elle a entrouvert timidement la bouche :

— Désolé, monsieur, mais votre demande est rejetée.

Je suis resté sans voix. Cette fois je tombais de haut. Depuis mon trépas, j'étais sur le point de filer au ciel. Quelques détails avaient retardé la procédure, mais saint Pierre m'avait assuré de sa confiance… Tout cela pour apprendre que ma demande était rejetée et que j'allais devoir reprendre la procédure administrative depuis le début, tel Sisyphe roulant son rocher. Au demeurant, ce n'était pas le fait de rester ici des jours, des semaines, des siècles peut-être, qui m'embarrassait ; mais je ne comprenais pas que mon dossier pose tant de complications, et j'ai fini par demander à la dame :

— Mais pourquoi faut-il tout recommencer de zéro ?

Elle m'a dévisagé, interrogative, sans se départir d'un sourire d'affection désolée :

— Comment ça, tout recommencer ?

— Oui, faire mes demandes, mes démarches, rencontrer d'autres avocats pour qu'ils discutent de mon dossier.

— Mais puisque je vous dis que votre demande est rejetée !

— Donc, je n'ai pas à recommencer ?

— Non, vous partez !

— Je pars ? Où ça ?

— Mais… en enfer, monsieur !

Le mot était tombé sans aucun coup de tonnerre, mais avec un effet tout aussi détonant. Je demeurai pétrifié devant cette femme, découvrant enfin le sort funeste qui m'était promis. Cette affreuse décision me semblait impossible et, pourtant, elle avait prononcé le mot. Tout était fini. J'allais passer l'éternité à rôtir à petit feu, soumis aux pires supplices. Quelle faute me valait donc la damnation éternelle ? Il ne sortit de ma bouche qu'une suite de mots confus :

— Mais enfin, vous devez… vous tromper. Est-ce bien mon nom ? Qu'ont-ils écrit exactement ?

— Je peux seulement vous lire la conclusion…

— Allez-y, je vous en prie.

Je croyais encore à une erreur, tandis qu'elle se penchait vers son écran pour énoncer méticuleusement :

— Nos doutes sur la sincérité du prévenu ont été confirmés par un examen approfondi des archives conservées dans le cloud. Il est apparu que cet homme, à plusieurs reprises, s'est livré à de lourdes blagues sur les Noirs, les Juifs, les Roms et les Bretons.

Ils n'allaient quand même pas ressortir ces babioles pour m'exécuter. Dans un sursaut je tentai d'intervenir :

— J'ai blagué aussi sur les Américains, les Allemands, les Anglais, les Belges, madame. Il y a tout un fond d'histoires drôles sur chaque peuple.

La préposée eut un mauvais regard et reprit sa lecture :

— Plus largement, de tels propos, sous prétexte de distance comique, mettent en avant des notions condamnées par la loi, comme l'existence des races. Ils se sont vus aggravés par l'étrange sympathie que le prévenu — toujours au nom d'un pseudo-humour — a prêtée à Hitler, Staline et d'autres coupables de génocide. Mais le pire tient évidemment dans ses déclarations sur les femmes et les gays. Ces affirmations tenues dans diverses conversations, consignées sur Internet et jusque dans les brouillons de son ordinateur, tendent à accréditer l'existence d'un type féminin, tout comme celle d'un modèle masculin hétérosexuel — deux notions également condamnées. On évitera le catalogue des formules choc pour se concentrer sur la plus obscurantiste, qui résume toutes les autres : « La cause des femmes ! La cause des gays ! J'en ai marre de ces agités… » Ajoutons que les vagues excuses consenties *in fine* par cet individu n'ont semblé guidées que par l'intérêt personnel et celui de sa famille.

Sur ces mots, elle s'interrompit. Puis, relevant un visage délivré de toute compassion, elle conclut :

— Je pense qu'il n'y a rien à ajouter !

Combien de temps me restait-il avant de sombrer dans l'horreur ? J'adressai à la femme un regard implorant :

— Même pas une procédure d'appel ?

Elle répondit sans aménité :

— Non, l'enfer direct ! Prochain départ, porte 23.

Sur ces mots, elle m'abandonna et cria en direction de la salle :

— *Next !*

La porte 23 se trouvait au fond du local. Avant d'affronter mon destin, je demeurai prostré sur l'une des chaises en plastique où d'autres damnés attendaient leur tour.

205

J'aurais pu tenter de m'enfuir, retourner vers la zone d'attente — sauf que la porte par laquelle j'étais arrivé ne comportait pas de poignée de ce côté-ci. Une fois dans ce sas, on embarquait directement.

Comment donc avais-je pu en arriver là ? Méritais-je vraiment ce traitement cruel ? Étais-je pire que les autres ? Je continuais à tourner ces questions sans réponse, quand j'entendis un hurlement. Une femme se tordait devant un guichet et s'adressait au préposé :

— Pitié, je vous en prie. Je ne veux pas aller en enfer.

J'entendis la réponse cinglante :

— C'était avant qu'il fallait y penser.

Elle sanglotait, jurait qu'elle voulait retrouver son mari ; puis, soudain, elle joignit les mains dans un geste d'imploration. Au même moment, deux vigiles s'avancèrent et l'empoignèrent d'une main forte pour la traîner vers la porte 23, où la femme disparut dans une supplication plus déchirante que les autres.

J'avais peur, moi aussi, mais rien ne servait de résister et je ne voulais pas laisser cette image d'un homme effrayé, suppliant, gémissant… « Il fallait y penser avant », comme avait dit le préposé. Sans doute aurais-je mieux fait de suivre scrupuleusement les règles du catéchisme que je connaissais par cœur à l'âge de dix ans, et que j'avais trop facilement oubliées, par la suite, en exprimant mon dédain pour ces « superstitions ». Aujourd'hui le résultat m'apparaissait et je devais l'assumer.

Arrivé sur le seuil, j'ai jeté un dernier regard vers le monde que je quittais ; puis j'ai pris ma respiration, j'ai poussé la porte 23, et je me suis avancé tout droit vers le gouffre de feu, de sang et de larmes qui m'attendait.

Quelle n'a pas été ma surprise de découvrir, derrière la porte, un vieux quai de gare, comme ceux de mon enfance, près duquel stationnait un train vert sombre à la peinture défraîchie. Tout semblait calme, et la femme qui venait d'entrer en hurlant patientait sur un banc en attendant le départ. Étais-je vraiment en enfer ? Ou devions-nous attendre ici la prochaine navette pour les ténèbres — comme d'autres attendaient, là-bas, dans des salles d'embarquement, le prochain vol pour le paradis ? Tout à ma perplexité, j'ai fini par apercevoir un contrôleur d'une espèce disparue, elle aussi. Il ne portait pas l'un de ces uniformes aux couleurs vives qu'on leur fournit aujourd'hui ; ni l'attirail électronique nécessaire pour enregistrer les cartes de crédit. Non, affublé d'une veste sobre sous sa casquette étoilée, l'homme était muni d'un simple appareil à poinçonner.

Je me suis approché :

— Pardon, monsieur ?

Il n'a pas rétorqué « bonjour ! » sur un ton de reproche, mais s'est tourné vers moi, professionnellement, en précisant :

— À votre service !

— Est-ce par le train qu'on se rend en enfer ?

Il m'a dévisagé, l'air dépité :

— Oui, c'est bien cela... Les avions sont réservés aux riches du paradis ! Tous les vieux trains pour les damnés de la terre !

— Remarquez, ai-je précisé, j'aime autant ce moyen de transport. Et l'heure du départ ?

— 18 h 12. Ici, pas de vols spéciaux, de charters, de

trains spéciaux. Les horaires ne changent pas depuis la nuit des temps !

J'ai songé un instant aux incessantes réformes des compagnies de chemins de fer, qui vous imposent toujours de nouveaux horaires, de nouveaux tarifs, de nouvelles procédures. Puis j'ai repris, intéressé :

— Vraiment, rien ne change ici ?

Il m'a regardé, un peu fâché, comme si je ne voulais pas comprendre l'affreux destin qui m'attendait :

— Non, monsieur. Ici, vous êtes en enfer et rien ne change jamais. Le *changement*, le *mouvement*, la *nouveauté*, tout cela est réservé au paradis ! Et ne parlons pas de la rationalisation des transports !

— Que voulez-vous dire ?

— Ne faites pas le naïf. Vous voyez bien que ce train est vieux, fatigué, sur un quai presque désert. Au paradis, ils suivent la logique du marché, pratiquent le flux tendu, optimisent la rentabilité. Tous les vols sont archi-pleins... L'enfer nous condamne à vivre selon des lois archaïques, générées par l'administration, sans liberté ni concurrence. L'enfer est au paradis ce que la préhistoire est à la modernité...

Il a semblé réfléchir un instant avant de reprendre :

— Ou, si vous préférez, ce que le socialisme est au libéralisme.

La comparaison m'a semblé lumineuse. Depuis que le paradis s'était converti aux doctrines néo-libérales, il fallait bien que l'enfer représentât, par opposition, cette horreur associée par les néo-libéraux à la puissance publique. Sauf que les forces divines, dans leur volonté de punir mes fautes, avaient commis une erreur. Pouvaient-elles imaginer que, pour un client de ma sorte, ce vieux quai de gare serait infiniment plus doux qu'un vol aérien ? Cette stabilité des horaires plus rassurante que la flexibilité commerciale ? Et cet aspect de l'enfer plus attirant que ce que j'avais entrevu du paradis ?

Le train est parti comme prévu à 18 h 12. Il a ronronné pendant des heures dans un paysage épouvantable — ou qui devait l'être, je suppose, aux yeux de Dieu, de Lucifer et des organisateurs. On n'y apercevait ni autoroutes, ni parkings ; les champs ne formaient pas des exploitations immenses, mais de pauvres lopins de terre séparés par des chemins et des talus boisés. La première ville où l'omnibus s'est arrêté ne comportait pas le moindre lotissement ni centre commercial ; seulement de vieilles bâtisses où s'accrochaient les enseignes de modestes commerces. Lorsqu'une légère faim m'a saisi, au milieu du voyage, je n'ai pas trouvé la file d'attente du self-service, où je pensais chercher des plats à emporter. Non, j'ai pénétré dans un antique wagons-restaurant où l'on m'a fait asseoir devant une nappe, avant de prendre ma commande. Tout cela avait échappé à des décennies de progrès : tel était le monde archaïque où j'allais errer en punition de mes péchés.

Je n'infligerai pas au lecteur la description détaillée des horreurs et des supplices qui m'ont été infligés par la suite. Il lui suffira de savoir qu'il peut y échapper en se montrant droit, honnête, respectueux de la loi des hommes et surtout de celle des femmes, de la religion, de la concurrence libre et non faussée. Tels sont les plus sûrs moyens d'accéder au monde meilleur où maman m'attend toujours, au bord de sa piscine, en buvant des cocktails de fruit. En enfer, au contraire, ni le tabac ni l'alcool ne sont interdits ; ni la moindre des substances qui détournent l'homme du droit chemin. Le soir, nous nous retrouvons entre damnés pour nous enfoncer dans des caves enfumées, inaccessibles aux handicapés, où des musiciens jouent jusqu'au petit matin. Plus tard encore, sans aucun respect de la diététique, nous attendons le lever du jour pour nous attabler devant de copieux repas ; car il est possible, dans cet antimonde, de s'intoxiquer indéfiniment sans mourir une seconde fois — ce qui répand l'idée malsaine et vraiment *diabolique* d'une innocuité des plaisirs.

Les rues sont dangereuses. Cyclistes et piétons ne portent ni casques, ni blousons fluorescents. La nourriture n'est ni congelée, ni emballée sous plastique. Parfois, même, un homme dit à une femme des mots faits pour la séduire sans que la victime porte plainte. Car c'est aussi cela, l'enfer, cette absence de protection dans la vie privée. Mais le royaume de Belzébuth rappelle également la tour de Babel, parce qu'on y croise toutes les langues dans une troublante confusion. Les peuples de la terre et ceux du paradis s'évertuent à bâtir une société mondiale. Ils achètent les mêmes voitures, regardent les mêmes téléfilms, écoutent la même musique, partagent les mêmes actualités. Leur sorte d'anglais leur permet de savoir où se trouvent le marchand de hamburgers ou le distributeur de billets. Ici, au contraire, l'humanité multiple s'attache à de vieilles histoires et recourt à des sabirs oubliés. L'anglais n'y est d'aucun secours, et toute rencontre demande un patient apprentissage.

Mais tel n'est sans doute pas le pire. Car, dans ce

monde maudit, la vie quotidienne semble échapper aux fondements mêmes de l'économie moderne. Pour le dire autrement, toute une société d'*assistés* se la coule douce en ces contrées, hormis quelques fonctionnaires gratifiés d'avantages liés à l'ancienneté. Quand l'humanité entière et les bienheureux s'activent pour faire tourner la machine — les uns trimant, les autres consommant —, l'enfer ressemble au temple des paresseux qui n'auront pas assez de l'éternité pour ne rien faire. Ils vivent au jour le jour, selon leur fantaisie, sans guère prendre en compte les intérêts de la société. Ils ont renoncé à tout gain de productivité pour se vouer éternellement et joyeusement au péché.

C'est là que chaque soir, dans la nuit profonde — car, en enfer, les réverbères ne s'allument jamais —, je contemple les étoiles à l'infini, en méditant sur ce que fut ma vie. C'est là que, libéré de mes devoirs, de mes ambitions, et de mes crédits à la consommation, j'observe le scintillement des galaxies, tracées dans le ciel comme des signes mystérieux, abritant peut-être d'autres vies, d'autres civilisations. Mais ce tourbillon lumineux ne m'attire plus guère depuis que j'ai découvert, à mille lieues du paradis, la fraîcheur de l'ombre et la douceur de l'éloignement qui, pour la première fois, parviennent à apaiser mon âme.